주방에서

벗어난

엄마의 하루

밥 하는 여자, 꿈 먹는 여자

밥 하는 여자, 꿈 먹는 여자

초판인쇄	2018년 07월 10일
초판발행	2018년 07월 14일

지은이	천정은
발행인	조현수
펴낸곳	도서출판 프로방스
마케팅	최관호 최문섭
IT 마케팅	신성웅
편집교열	맹인남
디자인 디렉터	오종국 Design CREO

ADD	경기도 고양시 일산동구 백석2동 1301-2 넥스빌오피스텔 704호
전화	031-925-5366~7
팩스	031-925-5368
이메일	provence70@naver.com
등록번호	제2016-000126호
등록	2016년 06월 23일
ISBN	979-11-88204-58-8 03810

정가 15,000원

주방에서 벗어난
엄마의 하루

 밥 하는
여자
꿈 먹는
여자

천정은 지음

 프로방스

"우리 삶에 중요한 시간은 현재이다"

10년 넘게 간호사로서 그 누구보다 치열하게 직장생활을 했지만, 결혼과 동시에 내 삶은 없었다.

많은 여자가 결혼과 동시에 자신보다 아이의 삶을 더 소중하게 생각한다.

새벽까지 눈뜨고 밤을 지새우는 일도, 비싼 교육에 투자하는 것도 오로지 아이를 위한 일이다.

내 아이만을 위한 시간을 보내며 살아가지만, 어느 순간 "왜 내 시간은 없지", "내 인생은 이렇게 끝나는 건가?" 라는 생각이 든다.

가족과 아이를 위해 사는 인생도 가치가 있지만, 그것보다 더 중요한 것은 엄마도 자신을 위한 시간을 보내야 한다는 것이다.

내가 진정으로 원하는 것이 무엇인지, 나는 어떤 사람이 되고 싶은지, 앞으로 어떻게 살아야 할지. 고민해 보고 목표를 세워야만 한다.

어영부영 아이의 시간에만 맞춰 사는 삶은 행복한 엄마가 되는 길이 아닐지도 모른다.

나는 아이 셋의 육아 맘이며, 간호사로 일하는 워킹맘이다.

반복되는 하루에 지칠 때쯤, 나는 도전과 열정에 굶주리기라도 하듯 독서를 시작했다.

그렇게 독서를 하면서 작가가 되어야겠다는 꿈을 꾸었다.

제2의 인생을 위해 작가와 강연가를 꿈꾸며, 더 나아가 대한민국의 아줌마, 워킹맘들의 희망의 메신저가 되고 싶다.

목표가 생기자, 아이 셋을 키우고 워킹맘으로 살면서도 새벽 4시 30분이면 어김없이 눈이 떠졌다.

그것은 바로 목표를 향한 뜨거운 열정 때문이었다.

이렇게 살지는 않을 거야. 새롭게 변화할 거야. 라며 나의 목표는 뼛속까지 열정이 가득해졌다.

그렇게 목표를 향해 도전이라는 카드를 던졌을 때, 하루 24시간의 시간을 효율적으로 사용해야 했다.

육아, 일, 내조, 자기계발까지 1인 4역을 다 하기 위해서 시간 관리는 필수였다.

누구에게나 주어진 공평한 시간이라는 자원을 어떻게 사용할 것인가?

주위에 성공한 사람을 보면 1분 1초도 시간을 잘 관리하고, 자기 자신을 위해 시간 투자를 한다.

그들은 목표가 있기에, 시간을 낭비하지 않을 뿐 아니라, 계획을 세우는 습관을 갖고 있다.

반대로 실패한 사람은 시간보다 돈을 중요시하며, 남을 위해 시간을 소비한다.

남에게 끌려다니며, 시간을 길에 버리고 다닌다. 또한, 계획 없이 오늘을 살고, 내일을 보낸다.

바빠서.. 다음에.. 애들이 크면, 나이가 많아서.. 등 핑계가 많다.

당신은 어떤 삶을 살고 싶은가?

아직도 아이에게 시간을 빼앗겨, 아이의 스케줄만 관리하며 하루를 보내고 있는가?

쓸데없는 모임과 수다로 시간을 낭비하며 남에게 끌려 살고 있지는 않은가?

나 자신을 위해 시간을 투자하지 않는다면, 5년 후 10년 후에 나에게 남는 건 아줌마라는 이름 석 자뿐이다.

　이제는 대한민국에서 엄마라는 이름으로 살아가는 모든 사람은 당당히 자신의 인생과 정면 승부를 겨뤄야 한다.

　이제는 쓸데없는 시간 낭비를 하며 하루를 버티는 것이 아닌, 힘든 삶 속에서도 자신의 목표를 향해 성장하는 삶을 살아야 한다.

　왜냐하면, 노력한 시간은 우리를 배신하지 않기 때문이다.

　아직도 평범함에 안주하며 살 것인가? 아니면 변화를 위해 노력할 것인가?

　오늘도, 나는 나를 위해 시간을 투자하며 하루를 마감한다.

　이런 시간이 나를 성장 시켜주었고, 진정한 행복을 선물해 주었기 때문이다.

　　　　2018년 한 여름...

　　　　　　　　　　　　　　　　　　　저자 천정은

Contents | **차례**

당신은 어떤 삶을
살고 싶은가?
아이의 스케줄만 관리하며
하루를
보내고 있는가?

CHAPTER

01

엄마들의 시간은 다
어디로 갔을까?

。

66

엄마들의 시간은
의식적으로 시간을 만들지 않으면,
내 시간은 타인에 의해
조종당하고 빼앗기게 된다.

99

01

방황하는 엄마의 첫걸음

엄마의 소중함과 대단함을 느낄 수 있는 영상을 본 적이 있다. 엄마가 하는 일을 작전 운영 국장이라는 직업으로 소개하며 가짜 구인 광고를 내서 면접을 진행한다. 기동성이 좋아야 하며, 휴가도 없고, 휴식시간도 없고, 근무시간은 하루 24시간, 그것도 무보수 공짜로...면접 보는 사람들은 그런 직업이 어디 있냐며 당연히 모두 혀를 내두르며 거절한다. 하지만 나중에 보니, 모두 우리 어머니들이 하고 계신 일들이라는 말에 수긍하며 매우 놀라는 영상이었다.

그만큼 엄마라는 직업이 세상에서 가장 힘들고 어려운 일이지 않을까?

살림도 잘하고 애도 예쁘게 키워야지.. 내조도 잘하는 여자가 될 거야,,숱한 상상으로 엄마의 길로 들어선다.

현실 속 엄마가 된 순간, 매일 밤새워 모유 수유 하는 건 기본이고, 반찬도 만들어야 하고, 집안일은 끝이 안 보인다.

MBC 다큐 스페셜의 나는 나쁜 엄마인가요? 에서 농구 코치인 남편과 주말부부로 지내는 장정임씨는 세 딸의 엄마다.

아직 젖먹이는 막내, 이제 겨우 걸음마를 시작한 둘째, 그리고 유치원에 다니는 첫째까지...

그녀의 말에 따르면 육아는 자신을 괴물로 만든다고 했다.

큰딸은 밥 한번 먹이기 힘들고, 투정이 심한 둘째는 잠시 한눈파는 사이 거실을 난장판으로 만든다. 그러는 사이 젖먹이 막내가 울음을 터트린다.

그 누구의 도움도 받지 못하고 온종일 세 아이의 뒤치다 꺼리를 한 후, 짬을 내 밀린 집안일을 한다.

집이 고층이었다면 창문 밖으로 뛰어내릴 것 같은 충동에 시달린다고 했다.

내가 왜 애를 낳았을까? 앞으로 이러고 살아야 하는 거야? 내 인생은 왜 이래?라고 생각하다가도 아이의 환한 미소에 죄책감이 든다.

현실은 모성을 강조하고, 육아는 오로지 엄마의 몫이라는 현실이 더욱더 지치게 만든다.

하루 종일 육아와 집안일에 시달리다 보면 어느덧 외로움과 두려움이 엄습한다.

이 세상에 왠지 나 혼자인 거 같고, 나만 이렇게 힘들게 엄마 역할을 하고 있는 거 같다.

Y씨는 결혼 후 신랑 직장으로 인해 대도시의 관사에 살고 있다.

3살 난 아들을 키우는 Y씨는 독박 육아에 이미 지쳐 있는 데다, 10분 거리 밖에 안 되는 시댁에 주말마다 가는 것이 못마땅했다.

그러던 중 신랑이 발령이 나서 소도시로 이사를 했다. 시댁과 거리가 멀어져서 자주 가지 않아도 된다는 생각에 마냥 좋았다.

그렇게 신랑 직장에 있는 관사로 이사를 한 Y 씨는 친인척도 없고, 지인도 없는 곳에서 하루 종일 오직 아이와 시간을 보내며 부쩍 우울해했다.

그러는 동안 신랑도 새로운 조직에 적응하기 위해 힘든 하루하루를 보냈지만, Y씨는 그런 신랑의 마음보단 자신의 외로움이 더 컸다.

그래서 퇴근 시간만 되면 남편을 재촉하며 회식과 야근도 못하게 했다.

그러다 보니 신랑도 자신을 이해해주지 못한다며 불만이었고, Y씨도 자신의 외로움과 두려움을 몰라준다며 부부 사이가 위태로워졌다.

그렇게 방황하며 외로움에 시작된 306호라는 공간에서 Y씨는 동네에서 새로운 인연을 만난다.

하루 종일 모여, 육아라는 동지애로 싹튼 동지들과 함께 Y씨는 하루, 한 달, 일 년의 시간을 수다로 보냈다.

삼삼오오 모여 시원한 맥주에, 시댁 흉과 남편 흉을 보는 재미에 육아는 뒷전이고, 서로 의지하며 지냈다.

결혼은 남자 좋으라고 하는 것 같아.. 나도 과거엔 잘 나갔는데,,, 목적 없는 수다는 끝날 줄을 모르며 늦은 오후까지 계속되었다.

미래의 이야기보단, 늘 과거와 현재에 얽매이며 불만 불평하는 이야기뿐이었다.

뿐만 아니라, 자신의 이야기보단 늘 제 3자의 이야기로 시간을 다 보냈다.

혼자라는 두려움의 시간을 수다로 보내고 나니, 어느 순간, 서로의 약점이 되어 자신의 이야기가 동네방네 소문이 났다.

시간을 제대로 보낼 줄 몰랐던 아줌마의 세계에서 Y씨는 상처와 아픔만 남은 채, 그들과의 인연을 끊었다.

엄마라는 역할은 누구나 처음이다 보니 어설프고, 부족하다.

엄마가 된 후부터는 자존감은 바닥을 치게 되고, 미래보다 과거에 얽매이며 하루하루 살아간다.

나도 인정받고 싶은데,, 나를 알아주는 곳이 없네,, 나도 회식이라는 걸 해봤으면,,.다시 과거로 돌아가고 싶어...라는 우울한 생각이 하루에 몇 번씩 든다.

나 역시도 엄마가 되면서부터 외로움과 두려움에 하루를 어떻게 보내야 할지 몰라 방황했다.

아이 키우는 일이 내 뜻대로 되지 않는 날에는 나도 모르게 분노 조절이 되지 않았고, 그런 날에는, 종일 우울한 기분으로 하루를 보냈다.

그래서 수다도 떨어보고, 혼술도 해보고, 신나는 노래도 들어봤지만 상황은 나아지지 않았다.

하루를 수다로 보내고 집에 가면 집은 엉망진창이고, 혼술을 하다 보면 왠지 초라하기 짝이 없었고, 신나는 노래를 들어도 눈물이 났다.

그 즈음, 함께 병원에서 일했던 동료는 베이비시터를 고용하며 직장생활에 복귀했다.

같은 동기였던 그 친구는, 한 병동의 책임 간호사가 되었고, 신규 간호사 교육 준비와 강의를 담당하며 바쁜 시간을 보내고 있었다.

뿐만 아니라, 퇴근 후에는 간호대학원을 다니며, 자신의 미래를 위해 시간을 투자했다.

좋은 베이비시터를 만나기 위해 몇 번의 우여곡절이 있었지만, 지금은 서로 배려하며 잘 지내고 있다.

그런 동기 친구를 보면서, 똑같은 시간 속에서 물 흐르듯 시간을 쓰고 있는 나 자신과 비교가 되었다.

자신의 일에 최선을 다하는 친구의 프로다운 모습을 보면서 자극을 받았다.

엄마라는 한 가지 역할에 허우적거리며, 스스로 한계를 정하는 나의 모습이 한심스러웠다.

목표 없는 하루는 엄마라는 역할을 더욱더 힘들게 했고, 사는 대로 생각하게 되어 버렸다.

데일 카네기에 따르면 세상에는 세 종류의 사람이 있다고 한다.

첫 번째는 자신의 꿈을 이루기 위해 노력하는 사람, 두 번째는 다른 사람의 꿈을 대신 사는 사람, 세 번째는 아무런 꿈도 없는 사람이라고 한다.

엄마라는 역할을 하면서부터, 꿈도 목표도 없는 하루를 살고 있었다.

더 이상 방황하지 않기 위해 스스로 내면의 시간을 갖기 시작했다.

하루 30분 정도는 스스로 성장을 위해 무엇을 해야 할지 생각했다.

뇌 과학 연구에 따르면 행복 지수가 높은 사람의 평소 모습은 대체로 항상 바쁘게 '무언가를 하고 있는' 사람이라고 한다.

그들을 움직이게 하는 그 무언가는 바로 목표라는 것이다.

보통 행복한 사람이라고 하면, 경치 좋은 바닷가의 야자수 아래 해먹에서 한가로이 낮잠을 자는 풍경을 떠올릴 것이다.

그러나 사실 자신의 목표를 위해 공부를 하거나, 자기계발을 위해 시간을 보내는 사람이야 말로 진정으로 행복한 사람이라는 것이다.

나 역시도 엄마라는 방황의 시간 속에서 발전적인 목표를 향해 독서라는 처방전을 내렸다.

내면의 성장을 위해 시작한 독서를 통해 선배 엄마들의 고충과 성공담을 엿볼 수 있었다.

여자로서 엄마라는 역할은 나만 어려운 게 아니었구나, 엄마는 위대한 존재구나, 라는 왠지 모른 동질감을 갖게 된 것이다.

목표가 생기면서부터는 엄마의 역할에 더 집중할 수 있었고, 하루하루 성장하는 엄마가 되기 위해 노력했다.

지금 이 글을 쓰는 것도 나의 목표 중 하나이며, 새로운 도전이라는 밧줄을 던져 본 것이다.

더 이상 엄마라는 역할에 방황하며, 자신을 울타리 안에 가두지 말자.

무엇보다 스스로 행복한 엄마가 되도록 노력해보자.

〈마더 쇼크〉에 다음과 같은 내용이 인상적이다.

"좋은 엄마는 완벽한 엄마가 아니다. 좋은 엄마는 아이를 사랑하는 엄마이다. 사랑스러운 눈빛을 아이에게 보내고, 따뜻한 손길로 어루

만지며, 정서적으로 교감하고 아이와의 애착을 다진다. 또한 일관성 있는 양육 원칙과 육아 소신을 갖고 있으며, 아이를 자신의 소유물이 아닌, 하나의 인격체로 온전히 인정한다. 아이가 위기의 상황에 부딪혔을 때 아이를 지지하고 응원하는 부모가 되는 것을 목표로 가진다. 그리고 가장 중요한 것은 스스로 행복하다고 생각하는 엄마다. 개인, 여자, 엄마로서 행복감을 느끼는 엄마야말로 좋은 엄마다. 행복한 엄마가 행복한 아이를 키우기 때문이다.

02

24시간 독박육아

육아를 시작하면서부터 엄마의 사적인 시간이란 없다.

새벽에 뜬 눈으로 밤을 지새우는 건 기본이고, 하루 종일 싱크대와 한 몸이 되어야만 했다.

밥 먹을 때조차 싱크대 앞에서 먹다 보니, 어느 순간 내가 가장 많은 시간을 보내는 곳이 돼버렸다.

직장 생활을 할 때는 퇴근시간까지만 견뎠으면 되었지만, 육아는 퇴근시간도 없다.

직장생활은 힘들면 그만 둘 수라도 있지만, 엄마 역할은 그만 둘 수도 없다.

엄마라는 모성애와 책임감으로 내 한 몸 희생하며 오로지 아이만을 위한 시간을 보낸다.

그러다 보니 늘 편두통과 허리 통증으로 몸살을 겪으면서도 약도 제대로 못 먹는다.

행여나, 약물이 모유 수유를 통해 그대로 전해질까 봐 걱정되기 때문이다.

탈출구 없이 24시간 동안 아이에게 매여 있는 시간들이 엄마를 더욱더 지치게 했다.

신랑이라도 일찍 들어와 주면 좋겠지만, 오늘도, 내일도, 야근과 회식의 연속이다.

저도 회식하고 싶네요. 밖에 나가서 술 마시고 고기 먹고 싶습니다." 밤늦은 시각, 같은 지역 엄마들이 모인 온라인 카페에 한 여성의 글이 올라왔다.

두 아이 먹이고 씻기느라 자신은 저녁도 못 먹었는데, 회식 중인 신랑은 아직까지 들어오지 않는다는 내용이다.

34살의 A씨는 똑같이 직장을 다니지만, 자신은 퇴근과 동시에 육아에 올인 하고 있는데, 남편은 야근과 저녁 약속으로 제시간에 퇴근한 적이 없다며 하소연했다.

밤늦도록 혼자서 밀린 집안일을 하노라면 왈칵 눈물이 나와요. 직장에서는 정시에 퇴근해서 죄송합니다. 퇴근 후에는 어린이집으로 달려가 두 아이를 찾으면서 죄송합니다, 아이들에게는 엄마가 늦어서 미안해.

자신은 늘 죄인처럼 살아가고 있다며, 머리로는 일 때문에 회식 자리를 피할 수 없는 신랑을 이해하면서도 마음으론 그렇지 못했다.

우리 식구를 위해 열심인 그는 정작 그를 필요로 하는 우리 곁에 없었다.

또한 엄마는 두 아이를 낳을 동안 10개월의 임신 기간과 모유 수유 기간을 포함해 최소 2년 가까이는 술도 마시지 못하고 음식도 가려 먹어야 하는 서러움을 참아야 한다.

스트레스 받아도 술도 못 마시고, 모유 수유 할 때는 외출도 못하며, 망가진 자신의 몸매는 자신감을 잃게 만들었다.

서러움의 화살은 남편으로 돌아간다. 저녁 시간 동안은 상대적으로 자유로운 남편에게 대체 날 위해 무엇을 해주었냐며 하소연한다.남편은 나름대로 노력했다고 했다. 회식 자리에서도 일찍 귀가하려고 했고, 맡은 일에 최선을 다해 직장에서 인정받는 것이 곧 가족을 위한 일이라고 생각했다는 것이다.

육아에 아빠가 적극적으로 동참할수록 아이의 정서에 좋다는 연구가 있다.

아이는 아빠를 통해 책임감과 사회성을 키우고, 자신감을 형성한다는 것이다.

그러나 현실은, 육아에 동참하도록 내버려 두지 않는다.

정시에 퇴근해서 들어오는 날도 손에 꼽히고, 아빠의 얼굴을 보고 잠들면 그나마 다행이다.

OECD 국가 중 최장 근로시간을 기록한 우리나라에서 일과 가정 그리고 육아의 균형을 찾기란 쉽지 않다.

남편들의 육아 휴직이나 정식 퇴근은 곧 직장에서 도태되는 것이라는 분위기 때문이다.

육아휴직제도가 있더라도 직장 분위기상 사용하기 어렵다는 대답이 큰 비율을 차지한다.

이렇듯 사회제도는 공동육아를 권장하기는 하지만 현실은 통하지 않는다.

휴직 후에 직장에서 책상이 사라지거나, 승진 상 불이익을 당하기 때문이다.

문재인 정부는 저 출산 극복을 위해 '새로운 가족문화 만들기 가나다' 캠페인을 진행하고 있다. 가나다 캠페인은 '가족문화개선' '나부터' '다 함께'를 의미한다. 가족 문화를 근본적으로 바꿔 결혼부터 출산·양육까지 이어지는 주위의 눈치와 간섭, 여성에게만 집중되는 육아·가사 부담을 해소하고, 장기적으로 결혼·출산하기 좋은 사회를 만들어나가기 위한 캠페인이다.

캠페인의 주요 실천 목표는 첫째, 주변 사람들부터라도 참견과 눈치보다는 응원과 존중으로 두 사람이 행복한 결혼문화를 만들 수 있도록 도울 것. 둘째, 남성과 여성이 가사와 육아의 공동주체로 부부가 함께 행복한 가족문화를 만들 것. 셋째, 아이와 부모가 모두 합리적 비용으로 행복한 양육문화 만들기 등이다. 배경택 보건복지부 인구정책총괄과장은 21일 "부부가 함께하는 육아에 대한 확산된 인식을 바탕으로, 지속적인 가족문화개선 캠페인을 추진해 아빠의 육아 참여를 확대하겠다"라며 "아빠 육아 참여 확대를 위한 다양한 육아 정보를 제공하고, 100인의 아빠단 등 여론 주도자를 활용해 아빠 육아 참여 모델을 계속 확산해 나갈 것"이라고 밝혔다. 복지부가 현재 중점 추진 중인 정책은 '도와주는 아빠에서, 함께하는 아빠로'라는 슬로건을 내걸고 진행하는 '아빠 육아 응원'이다.

아빠들이 아이를 기르는 과정에서 어려움을 겪는 상황을 통해 '서툰 아빠'가 주체적으로 육아에 참여하기 위해서는 엄마의 응원이 필요하며, 이를 통해 부부가 함께하는 육아가 더 즐거워진다는 메시지를 강조하고 있다.

그룹 V.O.S 멤버이자 연예계 대표 다둥이 아빠 박지헌은 총 여섯 명의 자녀를 두었다.

그는 "아이들로 인해 요즘 정말 행복하다"라고 밝히며 "평소에 저

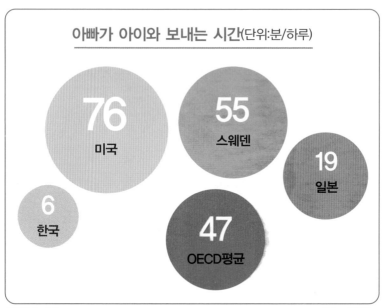

아빠가 아이와 보내는 시간(단위:분/하루)

76
미국

55
스웨덴

19
일본

6
한국

47
OECD평균

2015년 기준　　　　　　　　　　　　　　　　자료 : OECD

는 아이들과 놀아준다는 개념보다는 제가 즐겁게 놀아야 한다는 생각
으로 아이들과 시간을 보낸다.

　그래야 나에게도 스트레스가 되지 않고, 아이들도 그것을 잘 안다.

　아빠가 나랑 노는 게 행복한지 아닌지를 잘 알기 때문에 내가 행복
하려고 노력하면 그것이 결국 아이의 행복이 되는 것 같다"고 남다른
놀이 가치관을 전했다. 이어 박지현은 "저는 육아를 선물이라고 생각
한다.

어떤 선물이냐면 우리를 성장시켜주는 선물이다.

특히 아내와 남편을 서로 돈독하게 만들어준다. 그 효과로 인해서 선순환이 일어난다.

아이는 아빠와의 관계를 통해 안정감을 얻게 되고, 아이의 안정감을 통해 아내는 가정 안에서 사랑과 확신을 얻게 된다.

제가 아이를 사랑하면 아내가 또 저를 사랑하고 그렇게 선순환이 이루어져 가정이 화목하게 되는 것 같다"라고 공동 육아와 아빠의 역할에 대한 자신의 생각을 훈훈하게 밝혔다.

숙명여대 아동복지학과의 서영숙 교수(한국아동학회장)는 1800여 명의 영유아의 어머니를 대상으로 연구를 진행했다.

아버지들의 공동육아는 어머니의 양육 스트레스에 직접적인 영향을 미친다고 강조했다.

더 이상 엄마 혼자의 몫이 아닌 공동육아를 통해 독박 육아에서 벗어나야 한다.

행복한 가정이 직장보다 우선되어야 한다는 사실을 명심하자.

03

세 아이를 키우면서 직장을 다닌 슈퍼 맘

여자에서 엄마가 된 것뿐인데, 나의 하루는 엄마 역할만 올인 하며 헉헉대고 있다.

일과 가정, 육아 어느 하나 소중하지 않는 것은 없지만, 하나만 선택해야 한다는 법도 없다. 육아를 통한 여유로운 시간과 자유는 어느덧 나를 무기력함과 게으름으로 바꿔버렸다.

똑같은 하루의 반복은 목표도 없는 외롭고 지루한 시간으로 채워졌다.

답답한 마음에 유모차를 밀고 산책을 하던 중, 가슴 뛰게 일하며 열정적으로 살았던 시간들이 떠올랐다.

환자를 살리며 함께 울고 웃었던 시간들과, 동료들과 콘퍼런스 하며 공부한 시간들이 생각났다.

그렇게, 다시 새로운 도전을 하기로 마음먹는 순간, 바닥까지 내려

갔던 자신감이 생겼다.

몇 날 며칠 이력서와 자기소개서를 준비하기 위해 밤을 새웠지만, 컨디션은 최고조였다.

누군가에게 인정받고 필요한 사람이 될 수 있다는 생각에 피곤함도 달아났다.

지루한 시간과, 반복된 하루가 스스로 목표를 갖게 도와준 자극제였던 것이다.

즉, 목표와 꿈이 있다는 것 자체가 하루를 활기차게 보내게 하는 원동력이었던 셈인 것이다.

시부모를 모시고 세 아이를 키우며 고위직까지 오른 대표적 '공무원 워킹맘'인 박 청장은 결혼하자마자 남편은 군에 입대하고 그해 첫 아이까지 낳는 와중에 주 6일 근무를 했다.

둘째를 낳았던 무렵에 환경부로 자리를 옮긴 데다, 큰애를 키워 주시던 시어머니까지 큰 수술을 받게 되면서 특히 힘들었다고 한다.

몇 차례 퇴직을 고민한 적도 있었지만, 자신의 목표를 위해 매 순간순간 참고 견뎠다고 했다.

당시 "여직원 휴게실도 없어서, 임산부들이 화장실에서 잠깐잠깐 쉬곤 했다"면서 "결혼하고 10년 동안은 말 그대로 전쟁하듯이 보냈다"라고 회상했다.

특히 주말에 근무해야 할 때 아이들을 억지로 뿌리치고 출근하려면 마음이 너무 아팠던 기억이 난다"라고 말했다.

그는 "그럴 때는 집에 들어가면 뭐랄까 죄의식이 들 때가 있다"면서 "내가 직접 아이들을 키운다면 자책감을 느낄 필요가 없지 않을까 하는 생각도 많이 했다"라고 털어놨다.

그는 "2013년부터 3년 동안 중국 베이징에서 환경관으로 근무할 당시, 중국에서는 남자들이 먼저 퇴근해 장도 보고 요리도 하기에, 그 이유를 물어보니 '체력 약한 여자들이 하루 종일 직장에서 더 힘들지 않겠느냐'는 대답을 듣고 느낀 게 많았다"면서 "우리도 그런 모습을 보고 배워야한다"라고 꼬집었다.

1인 3역을 해내면서도 주변에 '민폐 끼친다'는 소리를 듣지 않으려고 더 열심히 일하고 있다는 박청장은 워킹맘의 든든한 롤모델이다.

나 역시도 다시 가슴 뛰는 일을 위해 직장에 도전장을 내미는 순간, 현실은 그야말로 전쟁터였다.

주위의 도움받을 곳도, 든든한 백이 있는 것이 아닌 내가 1인 3역을 소화해 내야만 했다.

슈퍼맘이 되기 위해 당당히 사회에 나섰지만, 현실은 역부족이었다.

아이들은 새벽부터 나가는 엄마를 대신해서 스스로 할 일을 해야 했다.

학교 행사에 엄마가 참석하지 못하는 건 기본이고, 선생님 얼굴 보기도 힘들었다.

퇴근 후에는 집안일에 식사 준비, 아이들 공부 봐주기, 책 읽어 주기 등 남들보다 두 세배는 더 노력해야 했다.

아이 셋을 케어하면서 워킹맘의 세계에 발 디디는 순간, 개인적인 약속이나 모임은 사치였다.

조금이라도 아이와 함께 있어주기 위해서, 일만 하는 이기적인 엄마가 되지 않기 위해서 최선을 다했다.

꼭 이렇게 일해야 하니?라는 시댁의 걱정과, 주말에도 전담해서 아이를 돌보는 신랑을 위해, 늘 씩씩한 슈퍼맘이 되여야 했다.

새벽과 주말에도 출근해야 하는 간호사의 직업적 특수성 때문에, 가족들에게 늘 미안한 엄마였지만, 더 큰 목표와 꿈을 이루기 위해 포기는 없었다.

인공신장실이라는 새로운 분야를 다시 배우기 위해, 어린 간호사에게 무시당하고, 환자들에게 온갖 구박을 받기도 했다.

자신의 혈관은 생명줄이라고 쉽게 팔을 내어 주지 않았기에, 자존심도 상하고 모멸감도 느꼈다.

나름 10년 차 응급실이라는 경력을 갖고 있었지만, 생소한 분야에서의 도전은 쉽지 않았다.

무슨 일이든 익숙하기까지는 시간이 걸린다는 게 진리라는 생각으로 참고 견뎠다.

남들보다 이론적으로 지식을 쌓으면, 인정받을 수 있지 않을까 하는 생각으로 집에 와서도 식이요법, 심리치료 등에 대해 공부했다.

그런 노력 덕분이었는지, 외면했던 환자들도 서서히 마음을 열었고, 자신의 혈관에 바늘을 꽂을 수 있는 기회를 주었다.

그렇게 처음 시작은 험난하고 어려웠지만, 지금은 그 누구보다도 베테랑 간호사가 되었다.

T.S 엘리엇은 위험을 감수하고 멀리 가보는 자만이 자신이 얼마나 멀리 갈수 있는지를 알 수 있다고 했다.

포기하지 않고 견디며, 목표를 향해 돌진했기에 가능한 일이었다.

편안함과 익숙함에 안주했더라면, 지금의 나는 평범한 아줌마로 살고 있을지 모른다.

국제 세미나와 행사에서 영어 MC로 활약 중인 안 씨는 두 아이의 엄마이기도 하다.

미국 리버티 유니버시티 의예과(Premedical · 생물학 복수전공)를 거쳐 성신여대 글로벌 의과학과 4학년에 재학 중인 안 씨는 전문 MC로 일하며 8월 치러지는 국내 의학전문 대학원 입학시험(MEET)을 준비하고 있다. 노인성 치매 정신 질환 분야가 목표라며 의사로, MC로 동시에 뛰고 싶다고 말했다.

이렇게 3~4시간씩 자면서 열심히 자신의 목표를 향해 도전하는 이유는, 힘들지만 하나씩 이루어나가는 이 시간들이 행복하기 때문이라고 밝혔다.

목표와 꿈이 있다는 것 자체가 자신을 열정속으로 몰고가는 원동력이 된다는 것이다.

편안함에 안주했더라면 더 이상의 발전은 없었을 거라는 안 씨는, 오늘도 워킹맘으로서 당당히 자신과 경쟁 중이다.

물론, 워킹맘으로 평탄한 길만 걸어오는 사람은 없다.

울퉁불퉁한 길에서 넘어져 무릎이 깨지기도 하고, 만성피로와 친구가 되는 사람도 많다.

그럼에도 불구하고 하루하루 열심히 사는 이유는, 도전과 변화를 통해 자신의 인생을 업그레이드 하기 위함이다.

세계은행은 이렇게 미래를 내다보았다.

여성인력의 고용은 생산 현장에서 7~18%의 생산성 증가를 가져오며, 국가와 사회가 적극적으로 여성들을 일터로 끌어내지 않을 경우 경기 침체와 고령화 문제는 심화될 수밖에 없다.

남성 입장에서도 혼자서 생계와 노후를 책임지기보다 여성과 분담하는 것이 고령화 시대에 실질적으로 유리하다.

모 대기업 회장은 한국만큼 여성 자원을 낭비하고 있는 나라는 없다고 지적했다.

다른 나라는 남자와 여자가 함께 뛰는데, 우리나라는 남자 홀로 고군분투하고 있다며 이를 한 쪽 바퀴가 바람이 빠진 자전거로 경주하는 것에 비유 했다. 여성 경제 활동률이 1% 상승하면, 1인당 국민 소득이 1% 증가한다는 연구 결과도 있다.

전체 인구의 반을 차지하는 여성 인력의 활용이 국가적인 과제이며 경쟁력이 된다.

여자라서, 엄마라서, 눈치 보고, 약한 존재로 인식되기보단, 당당히 내 인생을 책임져야 한다.

그렇게 열심히 살다 보면, 내 인생의 마지막 페이지에 어쩌면 꿈을 이룬 나의 모습이 그려져 있지는 않을까?

삶을 사는 방법은 딱 두 가지라고 했다(알베르트 아인슈타인).

하나는 아무것도 기적이 아닌 것처럼 사는 것이다. 다른 하나는 모든 것이 기적인 것처럼 사는 것이다.

어떤 삶을 택할지는 자신의 몫이다.

04

워킹맘, 일과 육아 두 마리 토끼 잡기

워킹맘의 세계에 발을 디디는 순간, 하루하루가 살얼음판을 걷는 듯하다.

아이를 어린이집에 맡기고 뒤돌아서는 순간, 아이는 울음을 터뜨리며 엄마의 걸음을 멈추게 만든다.

냉정하게 뒤돌아 서려고 해도, 닭똥 같은 눈물을 흘리며 엄마의 치맛자락을 붙잡는다.

엄마라는 사람이 이래도 되는 건가? 직장이 아이보다 더 중요하단 말인가?

이기적인 엄마라는 생각이 드는 순간, 가슴 한편에 쌓여있던 설움이 북받쳐 온다.

그렇게 참아온 눈물을 삼키며 무엇을 위해 이렇게 사는가?라는 원초적 질문을 되새긴다.

특히나, 아이가 아픈 날에는 이런 생각이 더욱더 절실해지며, 그날은 사표를 가방 속에 넣고 출근한다.

어린이집에서 걸려온 부재중 연락은 나의 가슴을 더욱더 철컹 내려앉게 만든다.

직업의 특수성 때문에 환자를 두고 나갈 수가 없기에 아이는 해열제를 먹고 버티는 수밖에 없다.

퇴근 후에 축 처진 아이를 보면서, 미안한 마음에 참았던 하루의 눈물을 쏟아냈다.

혼자서 다 해야만 하는 현실에 워킹맘의 세계는 더욱더 냉정하기만 하다.

11년 차 직장인 문아영(가명 · 35) 씨는 최근 3살 아이를 어린이집에적응시키면서 마음속에서 사표를 여러 번 썼다.

"어린이집 적응 기간 2주 동안 아이를 점심 전에 찾아와야 했어요.

시아버지께서 도와주기로 했는데 아버님이 아이 밥을 못 먹이겠다는 거예요.

"문씨는 아이가 점심 식사를 한 뒤 하원했으면 했는데, 어린이집에서는 방침상 안된다는 것이다. 어쩔 수 없이 회사에 사정을 말하고 2주 동안 늦게 출근했다.

오전 11시 반에 어린이집에서 아이를 데려와 아이에게 밥을 먹이고 시아버지 식사까지 챙겨준 뒤 눈썹을 휘날리며 회사로 뛰어 들어 갔다.

점심도 먹는 둥 마는 둥 하고 회사에 달려간 문 씨는 늦게 출근한 탓에 동료의 눈치를 봐야했다.

엄마 노릇, 며느리 노릇, 직장인 노릇까지 1인 3역을 해야 하는 문 씨는 가끔씩 '왜 이렇게 사는지 모르겠다' 는 생각을 한다.

문씨는 "남편은 회사가 집에서 멀다는 이유로 나 몰라라 하고 나 혼자 발을 동동 굴러야 했다"라며 "여전히 우리 사회에서는 육아는 온전히 여성 몫"이라고 하소연했다.

문 씨 처럼 워킹맘들은 일과 육아 둘 중 어느 것도 포기할 수 없는 문제이다.

그렇다보니 둘을 병행 하다가도 직장을 포기하는 경우가 많다.

실제로 2014년 취업포털 잡코리아와 웅진씽크빅 단행본 출판그룹이 '일하는 엄마의 생활' 에 대해 조사한 결과, 워킹맘의 81%는 '일과 육아의 병행이 힘들어 직장을 그만둬야겠다는 생각을 한 적이 있다'고 답했다.

직장을 그만두려는 이유(복수응답)는 '체력적으로 견디기 힘들어서' (35%)라는 대답이 1위였고 뒤를 이어 '아이가 아픈데도 돌봐주지 못할 때' (34%)나 '아이를 돌봐줄 사람이 없을 때' (34%)등의 차례였다.

사실 워킹맘의 세계는 사회에서도 이해해주는 분위기보단, 눈치를 주는 분위기이다 보니 마음 편할 날이 없다.

쫓기듯 출근시간에 뛰어 들어오고, 퇴근 시간에 맞춰서 아이들을 데리러 가야 하다 보니 이래저래 눈치만 보인다.

보건 복지부 공익광고에선 퇴근 시간이 되자 부장이, '먼저 애들 기다리는데 집에 안 갈 거야?' 하며 가방을 챙겨 주지만, 현실은 퇴근시간을 지키기도 어렵고, 1등으로 퇴근하는 날에는 괜히 뒤통수가 따가워진다.

대부분의 직장에서는 오버타임은 물론이고, 언제 어디서든 회사에 충성하며 자신의 삶을 맞출 수 있는 사람만을 '적절한 노동자'로 인정하는 게 현실이다.

이런 노동자를 '기준'으로 하는 조직문화와 노동환경은 아이를 돌봐야 하는 워킹맘들을 기준미달이라 생각 한다.

직장에서는 최선을 다해 집중적으로 일해보지만, 현실은 부적절한 노동자로 찍히는 경우가 많다.

이런 힘든 상황 속에서도, 일과 육아 두 마리 토끼를 잡으며 당당히 워킹맘의 길을 선호하는 사람도 있다.

천호식품 김현주 전무이사는 일과 살림, 그리고 대학원까지 병행하는, 그야말로 눈코 뜰 새 없는 하루를 보내는 워킹맘이다.

누구나 바쁜 아침이지만, 일찍 일어나 아들을 위해 직접 그날그날 신선한 재료로 만든 이유식을 먹인다.

그 덕분에 지금까지 아들은 잔병치레 한 번 하지 않고, 아토피 없이 건강하게 자라고 있다.

엄마가 된 후 자신도 모르게 회사일이나 육아에 소홀하면 어쩌나 고민스러웠던 적도 있었지만 지금은 반대다.

엄마가 된 후 엄마의 마음을 알게 되었고, 그 마음을 담아 회사에서도 상품을 계속해서 개발하고 더 신경 써서 만들 수 있었기 때문이다.

그러한 노력 덕분에 천호식품의 판매율은 계속 증가하는 추세이다.

아이는 일하는 엄마에게 귀찮은 존재가 아니라, 행복과 성취, 목표까지 만들어 주는 귀한 존재라는 것을 깨닫고 체험하는 중이다.

집에서 아이돌보며 회사 일을 걱정하거나, 회사에서 일하며 아이를 신경 쓰는 것은 프로다운 모습이 아니라고 했다.

회사에서는 회사일, 집에서는 육아일에 집중하는 모습이 일과 육아 두 마리 토끼를 잡는 방법이라 제시했다.

또한 천호식품은 출산 장려 캠페인을 하며 회사에서 워킹맘의 사기를 북돋아 주고 있다.

천호식품은 업무 성과는 개인에서 나오고, 개인의 성과는 가정에서 나온다는 마인드를 갖고 있으며, 그것이 회장님과 직원들의 마인드이다.

즉, 가정이 행복해야 직원 만족도가 높아지고, 직원 만족도는 성과로 이어지며 회사 매출로 이어지기 때문에 오히려 출산을 장려한다고 한다.

워킹맘의 장점은 돌발 상황에 그 누구보다 지혜롭게 대처할 수 있으며, 끈기와 절제력을 겸비하고 있다는 점이다.

육아 경험에서 나온 노하우는 그 누구도 따라올 수 없기 때문이다.

나의 경우도, 예민하고 까다로운 환자에게 친근감 있게 다가가며 어떤 상황에서도 슬기롭게 대처할 수 있다.

늘 우선순위를 생각하며 일을 하다 보니 짧은 시간 안에 긴급한 일을 완벽하게 처리하는 노하우도 생겼다.

이런 상황들은 육아를 통한 경험에서 비롯되었으며, 일과 육아 두 마리 토끼를 잡는 노하우가 되었다.

LG전자 HE 조직 문화팀에서 팀 조직 변화관리를 담당하고 있는 최 대리는 7년 차 워킹맘이다.

그녀는 육아를 겪으면서 일에 대한 애착이 더 생겼다고 한다.

결혼 전이나 아이를 갖기 전에는 '아이 키우다 힘들면 그만둘 수도 있겠지'라고 안일하게 생각할 때도 있었는데 지금은 정반대예요.

일을 하면서 인정받고, 제 자신의 능력을 시험하고 대리, 과장 정도

직급이 되면 실무자로서 업무범위도 넓어지고 욕심도 생기고, 애착이 생겨요.

"일이란 자신에 대한 재발견이며, 당신의 삶을 더욱 인격적이고 창조적이며 더 재미있게 만들어주는 것이다"란 말도 있잖아요.

일하는 지금이 행복해요. 힘들어도 일을 절대 놓지 않을 거예요. 조금만 참으면 이 힘든 시간은 지나갈 거라는 최 대리는 일과 육아 두 마리 토끼를 잡고 있다.

아이들 역시 일하는 엄마를 자랑스럽게 생각하며, 독립심과 자립심이 커진다.

하버드 비즈니스 스쿨(Harvard Business School)의 캐틀린맥귄(Kathleen L. McGinn) 교수팀이 25개국 50,000명의 성인을 대상으로 한 최근 연구에 따르면, 워킹맘의 자녀들은 성인이 되었을 때 사회에서, 가정에서 더 활발한 역할을 한다고 뉴욕 타임스가 보도했다.

아이들과 오랜 시간 함께 하지 못해 미안한 마음을 갖기보단, 엄마의 떳떳한 모습을 자랑스럽게 보여주도록 하자.

일과 육아 사이에서 고민하는 많은 워킹맘들이 지금 이 순간을 슬기롭게 잘 극복했으면 좋겠다.

바쁘고 고된 하루가 지나갈 때쯤, 오늘 하루가 쌓이고 쌓여 훗날 내 인생의 디딤돌이 될 것이다.

05

24시간을 48시간처럼 보내는 워킹맘

하루 24시간의 선물을 누구는 12시간처럼 보내고, 누구는 48시간처럼 보낸다.

가슴 뛰는 삶을 위해 워킹맘의 길에 들어섰지만, 나를 위한 자아실현은 욕심인 듯하다.

시간은 한정되어 있고, 할 일이 늘 산더미처럼 쌓여 있기 때문이다.

입술은 불어 트고, 눈에 실핏줄이 터져 충혈되는 한이 있어도 버텨내야 하는 워킹맘에게 하루는 정말 짧다.

최근 세 아이를 둔 워킹맘이 과로로 숨졌다.

지난 1월 15일 일요일에 출근했던 보건복지부 공무원 A씨가 정부세종청사 계단에서 심장질환으로 쓰러졌다.

김 씨는 전날 토요일에도 오후에 아이들을 돌보기 위해 새벽 5시에 출근해 일했다.

평일에도 밤 9시 전에 퇴근한 적이 없다.

육아휴직을 마치고 복직한 뒤 일주일 내내 새벽 출근과 야근, 주말 근무 등 고된 일정을 수행했다.

그의 죽음을 계기로 모성보호 정책에 관심이 높아졌다.

단순히 개인적인 문제가 아니라 사회문제로 무겁게 받아들여야 한다는 목소리도 커졌다.

사실 워킹맘의 발목을 잡는 건, 일과 육아 사이에서 선택해야 하는 사회적 분위기이다.

일과 육아, 가사를 하는 1인 3역의 워킹맘들은 어디서나 죄인이다.

회사에서는 집안일 신경 쓴다고 죄인, 아이들에게는 함께 해주지 못해 죄인, 집안일을 척척 못해도 죄인 늘 고개가 숙여진다.

나름대로 최선을 다하지만, 이 사회는 워킹맘들이 살아가기엔 불평등한 조건들이 많다.

회사에서 존재감을 드러내기 위해 열심히 뛰어보지만, 색안경을 끼고 보는 사람들 사이에서 살아남기란 쉽지 않다.

또한, 맞벌이를 해도 육아와 가사노동은 여자 쪽으로 기울어져있다보니, 현실은 더욱더 힘들다.

서울시 여성 가족재단이 최근 발간한 '기혼여성의 재량시간 활용과 시간 관리 실태연구' 보고서에 따르면 우리나라 맞벌이 부부의 가사 노동 시간은 여성이 남성보다 7배 이상 많다.

남성의 하루 평균 가사노동 시간은 19분이었지만 여성은 하루 140 분이었다.

육아 시간은 남성 22분, 여성 36분으로 맞벌이가정의 남성은 돌봄 시간이 적었다.

반면 여가 시간에서는 남성이 188분으로 여성 149분보다 많았다.

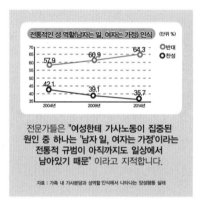

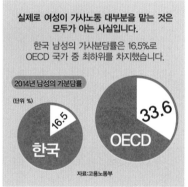

워킹맘은 무엇이든 완벽하게 하는 슈퍼맨이 아니다.

혼자서 다 해야 하는 부담감에서 벗어날 수 있도록 함께 분담해야 만 한다.

하루 24시간 중 2~3시간이라도 남편이 육아와 가사에 동참한다면 진정한 나를 위한 시간을 되찾을 수 있지 않을까?

잠시 혼자만의 시간을 갖고, 나 자신의 마음을 보듬어 주고 싶은 시간이 생겼으면 하는 바람 이다.

새벽 5시 기상으로 시작하여 잠자리에 드는 11시까지 나의 하루는 눈 깜짝할 새에 지나간다.

가장 중요한 아이 셋을 돌보는 것부터 직장에서의 직장맘, 그리고 집안일, 마지막으로 자기계발까지 하다 보니 24시간이 턱없이 부족하다.

무엇하나 소홀히 할 수 없기에, 규칙적인 생활은 기본이고, 우선순위를 늘 염두에 두어야 한다.

새벽 5시부터 시작된 나의 하루의 일과는 다음과 같다.

새벽 5시 기상 후 간단한 스트레칭을 하고, 독서를 한다.

따로 운동할 시간을 낼 수 없어 5시부터 30분간은 열심히 스트레칭과 요가 동작을 한다.

다음은 6시까지 독서를 한다.

책을 읽고 출근하면, 좋은 에너지를 받을 수 있으므로 일부러 새벽시간에 독서를 한다.

그 후에는 아이들이 먹을 아침밥을 차리고 출근준비를 한다.

아침 7시부터 시작된 직장생활은 오후 3시가 되어야 퇴근이다.

직장상사 눈치 보랴, 환자들 보살피랴, 요구사항 들어주랴, 후배 교육시키랴, 바쁘고 긴박한 상황의 연속이다.

점심도 거르며 일하는 날에는 물과 커피로 배를 채우며 퇴근 시간까지 버틸 수밖에 없다.

그렇게 퇴근과 동시에 집에 오면 제2라운드가 시작된다.

아침에 먹고 간 그릇들을 설거지하고, 아이들을 위한 간식을 준비하면 아이들이 집에 돌아온다.

냉장고부터 열며 먹을 것을 찾는 아이들을 위해, 이것저것 챙겨주기 바쁘다.

아침 일찍 출근하는 엄마이다 보니 아이들이 늘 부실하게 먹고 다니는 것 같은 생각이 들기 때문이다.

그렇게 한숨 돌릴 때쯤, 오늘 병원에서 부실하게 먹은 점심 탓인지 배에서 꼬르륵 소리가 들린다.

드라마에서 보면 엄마들이 양푼에 밥을 비벼 먹는 모습을 보고선 아줌마 같다고 생각했는데, 지금의 딱 내 모습이다.

아침에 남은 반찬과 고추장과 참기름만 넣고, 먹는 밥은 그야말로 꿀맛이다.

오늘 하루도 악착같이 보낸 걸 모르는 아이들은 그런 내 모습을 보며 돼지 같다며 엄지척을 해준다.

저녁 준비까지 대충 하다 보면 어느덧 시계는 6시를 가리키고, 이제부터는 아이들의 공부를 봐줄 차례이다.

따로 사교육이나 학원에 다니지 않기 때문에, 각자의 계획표에 따라 공부하기로 규칙을 세웠다.

6시부터 저녁 먹기 전까지는 아이들 문제집 채점을 해주고, 모르는 문제는 함께 풀어본다.

저녁 식사가 끝나면 가족 모두 독서시간을 갖는데, 막내는 아직 한글을 모르기 때문에 나와 함께 책을 읽는다.

아이들을 재우고 온전히 혼자만의 시간을 갖기까지 오늘 하루도 숨가쁘게 달려왔다.

저녁 9시부터는 나를 위해 세웠던 계획을 실천하며, 내일을 위한 계획을 세운다.

사실, 1인 3역의 워킹맘이 혼자만의 시간을 갖는다는 건 참으로 어렵다.

퇴근 후에도 제2의 집으로 출근하고, 자투리 시간이 생기더라도 나를 위한 시간을 보낸다는 건 상상하기 어려운 일이다.

시장조사 전문기업 마크로밀엠브레인의 트렌드모니터 (trendmonitor.co.kr)가 만 19세~59세 성인남녀 2,000명을 대상으로 '개인 시간의 활용'과 관련한 조사를 실시한 결과, 전체 응답자의 75.1%가 평소 시간이 부족하다는 생각을 많이 하면서(항상 27.6%, 가끔 47.5%) 살고 있는 것으로 조사됐다.

평범한 성인 남녀도 시간이 부족하다는 생각을 하는데 1인 3역을 해야 하는 워킹맘은 어떨 거 같은가?

20대 때는 예쁜 옷과 각진 핸드백을 메고, 뾰족구두에 커피숍에 들러 아메리카노 한잔을 들고 출근했다.

결혼 후 육아맘이 된 후에는 수유하기 편한 옷과 기저귀 가방을 양쪽에 메고, 아기 띠가 필수이다. 게다가 내 손에는 더 이상 내가 마시던 아메리카노가 아닌 아이가 마실 물통을 들고 외출한다.

워킹맘이 된 후에는 바지와 면티 그리고 운동화가 제일 좋고, 키홀더와 신용카드 한 장이면 만사 오케이이다.

바쁘고 분주한 삶에 커피숍에 가본지는 언제인지, 이제는 종이컵에 믹스커피가 최고가 돼버렸다.

아무리 시간을 절약해도 일에 쫓겨 자신만의 시간을 갖지 못하는 타임푸어(Time poor)라는 신조어가 있다.

직장인 10명 중 7명은 자신이 타임 푸어(시간 빈민)라고 여기고 있다는 조사 결과가 나왔다. 취업포털 잡코리아가 최근 2030세대 직장인 1162명에게 '타임 푸어'를 주제로 설문 조사한 결과 직장인 70.9%는 '나는 타임 푸어, 즉 시간 거지'라고 느낀다고 답했다.

워킹맘의 경우는 대부분 타임 푸어에 시달리며, 시간 스트레스를 받고 있다.

브리짓 슐트는 뇌과학 전문학자들을 통해 취재한 바로는 시간 스트레스가 극심할 경우 뇌와 몸을 파괴한다.

특히 지적 능력의 근원지인 전두엽은 시간 압박을 받을 때는 제구실을 못 하게 된다고 한다.

우리 몸이 스트레스와 불안에 시달리면 심혈관계질환, 만성질환 비만과 치매가 유발되는데, 특히 여성들에게 2배 이상 더 취약하다는 것이다.

가족들의 적극적인 협조가 이루어지지 않는다면, 워킹맘으로 살아간다는 건 우리 사회에서 쉽지 않을 것이다.

워킹맘이 이 사회에서 당당히 설 수 있도록 가족뿐 아니라 직장, 사회에서의 많은 협조와 지지가 필수적이다.

무엇보다, 워킹맘 스스로 효율적으로 시간을 관리하고, 투자할 줄 아는 지혜가 필요하다.

힉스의 에너지 보존 전략을 통해 생활에 활력을 유지하며, 시간을 효율적으로 보내는 방법을 알아보자.

첫째, 순위를 정해서 일을 한다.

-컨디션이 좋을 때 가장 중요한 일을 처리하고 덜 중요한 일은 나중으로 미룬다 .

-하루에 끝낼 수 있는 일로 제한한다.

-현실적인 목표를 세운다.

둘째, 일을 할 때 속도(페이스)를 조절한다.

−일을 너무 빨리하려고 하지 않는다.

−일의 속도에 연연하지 말고 몰아서 일하지 않도록 시간 분배를 한다 .

−일을 하는 중간에 짧은 휴식을 취하도록 한다.

셋째, 일을 할 때 적절한 위치와 자세를 유지한다.

−효율적인 동선과 자세로 일을 하면 에너지 낭비를 줄일 수 있다 .

(예를 들어, 음식을 조리할 때 서서 일하는 것이 앉을 때 보다 에너지를 25%더 소비한다. 마찬가지로 좋지 않은 자세는 더 많은 에너지를 낭비하게 한다.)

넷째, 일을 효율적으로 한다.

(예를 들어 필요하다면 음식 조리를 위해서 가능한 한 적게 움직일 수 있도록 부엌 공간과 가구를 재배치한다.)

06

엄마들의 시간은 다 어디로 갔을까?

결혼 전에는 근무 후에 콘퍼런스도 참석하고, 회식도 하고, 운동까지 해도 남는 게 시간이었다.

엄마가 되면서부터는 삶의 중심이 아이들과 가족이라는 울타리에 맞춰진다.

그러다 보니 시간 부족에 시달리며, 왜 이렇게 살아야 하지? 왜 나의 시간은 없지? 라는 생각이 든다.

1인 3역을 하는 워킹맘이든, 가정에 충실한 전업 맘이든 자신을 위한 시간을 보내는 게 쉽지 않다.

아이가 어릴 때는 하루 종일 아이의 시간대로 엄마가 따라야 하고, 거기에 밀린 집안일과 청소를 하고 나면 어느덧 하루의 시간이 지나가 버린다.

워킹맘들도 회사에서 치열하게 버티고 집에 오면 에너지는 방전되지만, 달려오는 아이들을 뿌리칠 수가 없다.

상황이 이러다 보니 시간 빈곤에 시달리며, 혼자 어디론가 훌쩍 떠나버리고 싶은 마음마저 든다.

내가 없으면 아이들은 누가 보지? 우리 집 청소, 빨래, 반찬은 누가 하지? 다시 마음 약해져서 이러지도 저러지도 못한다.

그러다가 아이가 어린이집, 유치원에 가면 드디어 자유시간이 생긴다며 큰소리친다.

하루 반나절 이상의 자유시간이 생기고, 자유롭게 외출을 할 수 있으니 설렐 수밖에 없다.

며칠은 못 잔 잠도 자고, 마실도 다니며 즐거울지 모르나, 반복되는 하루하루에 금방 싫증이 난다.

특히나 엄마가 된 후에는 나를 찾는 곳도, 나를 필요로 하는 곳도 없다 보니 더욱더 외롭기까지 하다.

자연스레 동네 아줌마들과 친해지며, 아이들 이야기로 외로움을 달래보지만, 수다 뒤에는 공허한 마음만 남는다.

아줌마들의 대화는 하루 종일 계속해도 자신에 관한 이야기는 없고, 자식과 남편 아니면 제삼자 이야기뿐이다.

발전적인 시간이 아닌 소모적인 시간에 에너지를 쏟다 보니 기운만 빼고 온 듯한 느낌이다.

소중하게 얻은 시간을 수다로 보내다 보니, 아이들이 초등고학년이 되면 엄마들은 무엇을 해야 할지, 어떻게 살아야 할지 혼란스럽게 된다.

엄마들의 시간은 내가 스스로 의식하지 않는 한, 절대로 자신만의 것이 되기 힘들다.

의식적으로 시간을 만들지 않으면, 내 시간은 타인에 의해 조종당하고 빼앗기게 된다.

돈은 남에게 빌려주면 반드시 돌려받기 위해 노력하면서, 시간은 남에게 빼앗겨도 결코 돌려받으려고 하지 않는다.

오히려 나의 시간을 남에게 의지하고, 함께 보내는 것에 더 큰 의미를 두며 시간을 물 흐르듯 보낸다.

동네에 아는 동생은 전업 맘으로서 아이가 어린이집에 간 순간 영어 학원을 등록했다.

자신도 자격증을 따서 유아 관련 영어 교육에 재취업을 하고 싶다고 했다.

멋진 커리어우먼이 되고 싶다며, 나에게 자랑스럽게 이야기를 하였다.

그래서 나는 그 동생에게 기회는 준비한 자에게 온다고, 열심히 하라며 격려해 주었다.

또한, 틈틈이 버스나 지하철 안에서도 자투리 시간을 잘 사용하라는 조언도 아끼지 않았다.

그런데 몇 달 후, 나의 기대와 달리 학원도 그만두었고, 공부도 포기했다.

처음의 마음과 달리, 실력도 늘어나지 않고, 책만 보면 졸리고 따분하다는 이유에서였다.

그 후로 유치원 모임의 엄마들과 어울리고, 수다와 술자리로 즐거움을 쫓으며 하루를 보내고 있다.

시간이 있어도 발전적인 곳에 투자하지 않는다면, 본인이 바라는 커리어우먼의 길은 절대 오지 않는다.

자신의 시간을 남에게 맞춰가며 살아가는 아줌마들에게 시간은 선물이 아니라, 그저 장식용일 뿐일 것이다.

마치 트랙을 돌 때 내가 왜 달리는지 모르면서, 그냥 남들 달리니깐 함께 달리고, 목적 없이 달리면서 남들 따라 주위도 둘러본다.

이런 도돌이표 같은 반복된 하루에 나의 시간을 남이 훔쳐가도록 내버려 두는 것이다.

나중에 결국 내 인생에서 이루어 놓은 게 하나도 없네, 라며 후회하지만 시간은 이미 다 지나가 버렸다.

잠시 멈추고, 나 자신의 목적지를 확인하고 달렸다면 어영부영 보내지 않았을 텐데 말이다.

영양가 없는 모임이나, 부정적인 말들이 오가는 자리들은 우리의 시간을 빼앗아가는 주된 이유가 된다.

또한, 애플과 삼성이 만든 스마트폰은 우리의 시간을 통째로 빼앗아 가는 주범이다.

지하철이나 버스를 기다리는 사람들만 보아도, 대부분의 사람이 스마트 폰 보는 광경을 쉽게 목격할 수 있다.

집에서도 엄마는 스마트 폰을 보면서 아이들에게는 공부하라는 건 모순이다.

나의 시간을 내가 계획하여 쓰지 않는다면, 스마트 폰과 수다에 빠져 시간을 낭비할 수밖에 없다.

워킹맘인 후배는 지하철 출퇴근 시간에 의식적으로 책을 들고 탔다.

직장까지의 거리는 40분 정도가 소요되기 때문에 독서를 하며 하루를 시작했다.

지하철 출퇴근 독서시간을 하루 중에 가장 행복한 시간이라고 말하며, 지하철은 누구의 방해도 받지 않는 공간이라고 했다.

10년 차인 지금까지 지하철에서만 읽었던 독서량도 방대했지만, 무엇보다 자신의 목표를 생각하며 시간을 투자했다.

지하철에서 읽은 책은, 회사에서 점심시간에 노트북에 타이핑하며 짬짬이 시간을 보냈다.

그렇게 공부를 하며 노력한 덕분에 지금은 책 2권을 집필한 작가가 되었다.

남들이 지하철에서 스마트 폰과 오락 삼매경에 빠져있을 때, 이 친구는 자신의 목표를 위한 시간으로 보낸 것이다.

심리학자인 안데르스 에릭슨은 자신의 분야에서 최정상에 오른 사람들을 연구하여, 그들의 놀라운 성공 뒤에는 타고난 재능이 아닌 아주 오랜 기간의 노력이 있었다는 논문을 발표했다.

에릭슨이 직접 쓴 1만 시간의 재발견에 의하면, 1만 시간의 법칙이 성과로 연결되기 위해서는 제대로 설계된 방식에 의한 훈련이 필요하다고 한다.

즉 의식적인 연습이 바로 그것이다.

의식적인 연습은 우리가 지금 확인하고자 하는 시간 사용법과 직결된다.

우선 나 자신의 위치를 확인한다. (발견하기)

다음으로 흘러가는 시간을 점검한 후 그 시간을 어떻게 보낼 것인지에 대한 작은 목표를 세운다. (시간 배분하기)

마지막으로 실행한다. (시간 사용하기)

엄마들의 시간은 나 자신이 의식적으로 확보를 해야 한다.

지금 나의 모습을 되돌아보고, 하루의 시간을 어떻게 보내고 있는지 점검해 본다.

그다음에는 목표를 세우고, 중요한 일에 우선순위를 정해 시간을 집중적으로 투자한다.

더 이상 남이 나의 시간을 빼앗아 가도록 보고 있거나, 쓸데없는 일에 시간 낭비를 하지 않아야 한다.

지금 당장 시간을 의식적으로 확보하지 않는다면 5년 후, 10년 후에 달라지는 것은 없다.

나 자신을 업그레이드하기 위한 시간 투자는 필수다.

누구는 목표를
이루기 위해 시간을 투자하며
하루를 보내고,
누구는 흘러가는 시간을 그냥
소비하고 지낸다.

CHAPTER

02

워킹맘, 시간 관리는 필수다

66

시간의 주인이 되어야 한다.
시간에 지배되지 말고,
내가 시간의 통제권을 가져야 한다.

99

01

평범한 엄마가 슈퍼 맘이 되는 법

평범하고 안정적인 엄마이기를 거부하고, 도전과 변화를 위해 슈퍼맘이 되었다.

그 이유는 남과 다르게, 특별하게, 나 자신의 한계를 뛰어넘고 싶어서였다.

사실 육아를 하면서 직장을 다닌다거나, 나 자신을 위해 무엇을 한다는 건 쉬운 일은 아니다.

아이가 어렸을 때는 육아에 올인 해야 하고, 초등학생이 되어서는 하교 시간이 빠르다 보니 현실적으로 어렵다.

어렵게 직장생활을 유지한 워킹맘들도 아이가 초등학생이 되면, 가슴앓이를 하며 퇴사를 한다.

실제 지난해 2~3월 신학기를 전후로 초등학교 1~3학년생(8~10세) 자녀를 둔 20~40대 직장 여성 가입자 중 1만 57841명이 퇴직했다.

그나마 육아를 도와줄 시어머니나 가사 도우미가 있으면 상황은 조금 나아지겠지만, 그렇지 않다면 그야말로 안절부절못할 수밖에 없다.

자아실현을 위해 워킹맘의 길에 들어섰지만, 시간 빈곤에 허덕이며 어쩔 수 없이 퇴사하는 경우를 보면 안타깝다.

안양시 평촌에 사는 A 씨는 결혼 9 년차이자 7살, 4살 두 아이를 가진 워킹맘이다 .

회사 근무시간과 재택 야근을 더하면 평균적으로 A 씨의 하루 근무시간은 출퇴근 시간을 합쳐 11시간이 넘나든다.

거기에 아침 6시에 기상해 아이들을 깨우고 먹이고, 어린이집을 데려다주는 시간과 퇴근 후의 육아 시간을 더하면 4시간 정도가 더해진다.

밀린 청소와 빨래는 아이들이 잠들고 난 뒤에 시작되기 때문에 1.5시간이 가사로 소요되는 것이 일반적이다 이렇게 분주하게 보낸 A 씨의 하루 평균 근로시간을 계산해보면 16시간을 넘나든다.

절대적 '시간 빈곤' 이 워킹맘의 대표 수식어라는 생각이 드는 부분이다.

친정엄마의 도움으로 지금까지는 직장생활을 할 수 있었지만, 친정엄마가 허리를 다쳐 수술을 앞둔 상황에서 퇴사를 고민 중이다.

답답한 마음에 선배 워킹맘에게 속내를 털어놓았다.

선배 워킹맘은 아무리 힘든 상황도 이 시간만 잘 견디다 보면, 아이도 엄마도 더 크게 성장할 거라는 조언을 아끼지 않았다.

A씨는 일과 육아 둘 다 성공하기 위해서 시간 분배를 잘 하기로 마음먹었다.

우선, A씨는 시간을 통째로 사용하지 않고, 쪼개서 관리 하는 방법을 선택했다.

예를 들면 1시간을 50분과 10분으로 나눠서 2가지 일을 했다.

50분 일하고, 10분 쉰다는 것이 아니라, 10분도 독립적인 시간으로 사용했다.

10분의 시간도 짧은 시간이라고 흘러보내지 않고, 10분의 고마움을 느끼며 사용했다.

짧은 시간이지만, 10분밖에 없다가 아니라 10분이나 있다 라고 생각을 하는 것이다.

마지막 3초를 남겨두고 역전 슛, 농구 등에서 볼 수 있는 최후의 절묘한 역전극을 보노라면, 1초의 위력도 간과해서는 안 된다고 했다.

또한 스마트 폰과 텔레비전은 가급적 멀리하고, 퇴근 후에는 최대한 아이들에게 올인 하며 시간의 양보다 질로 승부를 겨루고 있다.

집에서는 최고의 엄마로서, 직장에서는 유능한 사원으로서, 남편에게는 존중받는 아내로 살고 있는 이 시대의 진정한 슈퍼맘이다.

부자나 빈자나 똑같이 주어진 1년 365일이라는 공평한 자원 앞에서 우리는 하루하루 어떻게 살아가고 있는가?

누구는 목표를 이루기 위해 시간을 투자하며 하루를 보내고, 누구는 흘러가는 시간을 그냥 소비하고 지낸다.

누구나 공평하게 주어지는 시간은 다음과 같은 특징을 가지고 있다.

첫째, 시간은 매일 주어지는 기적이다.

우리에게는 매일 24시간이라는 황금과 같은 선물이 주어진다.

그러나 그것을 미리 사용할 수는 없다.

하루, 한 주, 한 달, 일 년이 당신을 위해 반드시 기다리고 있으며 끊임없이 주어진다.

둘째, 시간은 똑같은 속도로 흐른다.

어떤 때는 시간이 빠르게 가는 것 같이 느껴지고, 어떤 때는 느리게 가는 것 같이 느껴지지만 사실 시간은 일정한 속도로 진행하고 있다.

셋째, 시간의 흐름을 멈추게 할 수 없다.

시간은 무지막지한 힘을 가지고 있고, 시간은 전혀 융통성이 없다.

넷째, 시간은 빌리거나 저축할 수 없다. 자기의 시간만을 가지고 있을 뿐이며 그때그때 주어지는 시간을 써야만 한다.

우리의 시간 통장에 매일 24시간이 온라인으로 입금되고, 신기하게도 0시만 되면 다 회수해 버린다.

다섯째, 시간은 어떻게 사용하느냐에 따라 가치가 달라진다.

모든 자원이 그렇듯이 시간이란 자원도 잘 사용하면 무한한 이익을 주고, 잘못 사용하면 엄청난 손해를 가져다준다.

같은 인생을 살면서도 만 원짜리 인생, 백만 원짜리 인생, 일억 원짜리 인생이 될 수 있는가 하면 적자 인생도 생길 수 있다.

여섯째, 시간은 시절에 따라 밀도도 다르고 가치도 다르다.

인생에도 황금기가 있으며 하루에도 황금 시간대가 있다.

인생은 공평하지 못하다는 생각으로 살아온 나에게 공평하게 주어진 시간이라는 자원은 무엇보다 소중했다.

그 소중한 시간의 선물을 어떻게, 무엇을 하며, 사용할지는 나의 몫이었다.

다그 함마르셸드에 따르면, 운명의 틀을 선택할 권리는 우리에게 없다. 하지만 그 안에 무엇을 채워 넣을지는 우리에게 달려있다. 라고 했다.

남들과 똑같은 하루 24시간, 일 년 365일을 보내면서 내 인생의 보따리에 값진 경험과 지혜가 넘치도록 노력 중이다.

힘든 상황 속에서도 도전하여 새로운 분야를 알게 되었고, 세상의 지혜와 가치를 위해 시작한 독서도 좋은 무기가 되었다.

무엇보다 최고의 슈퍼맘이 되기 위해선 효율적인 시간 분배는 필수였고, 100번의 말보다 1번의 실천을 습관화하고 있다.

평범한 엄마가 슈퍼맘이 되기 위해서는 어떤 노력을 해야 할까?

첫째, 좋은 습관은 시간을 절약시켜 주며, 우리의 시간을 효율적으로 쓸 수 있도록 해준다.

우리의 뇌는 한 번에 처리할 수 있는 용량이 정해져 있는데, 어떤 일을 의식적으로 할 경우 그 일과 관련된 뇌 일부분이 활성화된다.

복잡하고 어려운 작업일수록 사용하는 뇌의 부분이 커지고, 결국 다른 일에는 신경 쓰기 힘든 상태가 된다.

반면 습관적으로 하는 행동의 경우, 뇌의 극히 작은 부분만이 활성화되므로, 우리의 뇌는 그 일에 큰 주의를 기울이지 않는다고 한다.

그 결과 뇌가 자신의 용량을 복잡하고, 창의적인 일을 하는데 쓸 수 있게 된다는 것이다.

빌 게이츠는 시애틀에서 활동하는 유능한 변호사인 아버지와 금융 기업 임원이었던 어머니 사이에서 어릴 적부터 남다른 시간 관리 습관을 배우며 성장했다.

그는 숙제나 악기 연주 등, 그날 해야 할 일은 반드시 그날 안에 다 하였고, 어머니는 규칙적인 생활을 하도록 가르쳤다.

그리고 모든 일을 계획적으로 실행해 시간 낭비를 최소화하는 습관을 들이도록 했다.

세 살 버릇 여든 간다. 라는 속담처럼 올바른 습관을 어릴 때 형성한다면 남보다 앞설 수 있다.

둘째, 버려야 할 일을 정해라.

나무가 잘 자라기 위해서는 솎아베기라는 작업을 통해, 햇볕을 골고루 받도록 해야 하는 것처럼 필요 없는 일을 버리는 용기도 중요하다.

필요 없는 업무나 집안일은 과감히 솎아버리고, 중요한일에 시간과 노력을 집중하는 것이 중요하다.

예를 들어, 필요한 물건만 구입하여 사용한다.

물건이 많으면 그만큼 해야 할 집안일이 늘어나고, 그만큼 시간을 소비해야 한다.

직장에서도 열 가지 업무 중에 중요한 세 가지만 선택해서 성과를 내는 것이 더 중요하다.

셋째, 시간도 돈처럼 아껴 쓴다.

벤자민 프랭클린의 "어느 젊은 상인에게 주는 충고"라는 글에서 다음과 같은 명언을 남겼다.

"시간이 돈임을 명심하라." 하루 종일 일해서 10실링을 벌 수 있는 사람이 있다고 치자.

만일 그가 한나절 동안, 밖에서 놀거나 그냥 빈둥거리며 시간을 보내면서 설사 그가 6펜스만 썼다 하더라도, 그는 그것만이 비용 전부라 생각해선 안 된다.

왜냐하면 그는 그 외에서 5실링을 낭비하거나, 포기 한 거나 다름 없기 때문이다.

빌 게이츠는 친구들과 모여 잡담하는 시간을 몹시 싫어한다.

친구와 약속이 잡히면 어떤 주제로 이야기할지 미리 생각한다.

시간이 아까워 길에 떨어진 돈을 보고도 그냥 지나친 적이 있다 할 정도로 그는 시간을 아껴 썼다고 한다.

그는 과거 한국을 방문할 때, 분 단위로 스케줄을 짜서 다니는 모습으로 사람들을 놀라게 했다.

넷째, 시간의 주인이 되어야 한다. 시간에 지배되지 말고, 내가 시간의 통제권을 가져야 한다.

우리는 모두 24시간을 갖고 있지만, 이 시간에 누구는 시간당 수 천만 원을 버는 대기업의 리더이고, 누구는 시간 관리 강사이고, 누구는 회사에 다니고, 누구는 어영부영 시간을 보낸다.

시간을 자신의 목표에 맞게 초점을 맞추어서 사용하여야만, 한정된 시간에 목표를 이룰 수 있다.

즉, 시간의 통제권을 내가 가짐으로써, 의식적으로 나의 목표를 성취하기 위해 시간을 보내야 한다.

다섯째, 온갖 자잘한 것에 시간을 쓰면 안 된다(TV시청이라든지, 영양가 없는 모임 등).

중요한 일에 시간을 지혜롭게 쓴다면, 우리 삶에서 중요한 기회가 더 많아질 것이다.

여섯째, 우선순위를 정하며 순위를 매긴다.

제한된 시간을 현명하게 사용하기 위해서, 다이어리와 수첩을 이용해서 중요도를 매겨 본다.

예를 들어, 공부나 독서는 1순위, 아이들과 함께 운동하기는 2순위, 마트 장보기 3순위 등으로 순서를 매겨서 실천한다.

마이클 겔브에 따르면 "당신의 삶에서 무엇이 가장 중요한 일인지 일의 우선순위를 따져보는 것은 시야를 넓히기 위한 열쇠이다."라고 했다.

02

목표가 있는 사람은 행복하다

'인생의 비극이란 목표를 달성하지 못하는 것이 아니다. 달성할 목표가 없는 것이 진정한 인생의 비극이다....(조선일보 2008.8.25.)

하루하루 살면서 목표 없이 직장과 집을 오가며, 게으름과 나태함으로 보낸다면 이것이야말로 진정한 비극일 것이다.

워킹맘으로서 시간부족을 탓하고, 월급날만 손꼽아 기다린다면 반복된 시간 속에 금세 지치고 말 것이다.

전업 맘들 또한 목표 없이 집안일과 육아로 하루를 채운다면 어느 순간 자아정체감의 혼란에 빠지게 될 것이다.

내 인생을 무엇으로 어떻게 채워나가야 할지 모른 채, 흘러가는 시간에 몸을 맡기는 순간더 이상의 발전은 없다.

한 농부와 그의 아들이 밭에서 쟁기질을 하고 있었다.

그런데 농부의 밭고랑은 반듯한데, 아들의 밭은 삐뚤삐뚤 했다.

'저도 아버지처럼 밭을 잘 갈고 싶습니다. 어떻게 하면 되나요?

'먼저 목표를 정해놓고 소를 몰아 보거라, 그러면 똑바로 갈릴 것이다.

아들은 아버지의 조언을 들은 뒤, 무엇을 목표로 잡을까 고민하다 눈앞에 있는 황소의 커다란 뿔을 보았다.

목표를 정하고 소를 몰아보자는 아버지의 조언대로 이번에는 황소의 뿔을 목표로 정하고 소를 몰았다.

그런데 이번에도 밭고랑은 반듯하게 갈리지 않았다.

"아들아, 움직이는 황소의 뿔은 목표가 될 수 없단다.

언덕 위에 있는 저 큰 나무를 목표로 해 보거라, 그제야 밭고랑이 반듯하게 갈리기 시작했다.

많은 사람이 목표 없이 버티는 직장생활을 하고 있다.

인생의 큰 그림을 그리기보단 당장 눈에 보이는 것에 아등바등하며 살아간다.

그러다 보니, 편안하고 익숙함에 머무르며, 스스로 자신을 한계에 가두고 있다.

우리의 뇌는, 안정적인 상태를 좋아하고 익숙한 방식대로 행동하려는 관성의 성질이 있다.

자신에게 좋은 결과를 가져다주는 행동보다는, 편한 행동을 하게 된다는 것이다.

기존에 하지 않았던 새로운 방법을 고안해 내기 위해서는 뇌가 상당한 에너지를 써야 하기 때문에 변화보다는 익숙한 행동을 반복한다는 것이다.

나 역시도 직장생활에 익숙할 때쯤, 다람쥐 쳇바퀴 도는 일상에 따분함과 갈증이 밀려왔다.

무언가 목표 없이, 안정된 생활에 안주하는 순간, 성공과는 거리가 멀어지고 있다는 느낌이 들었다.

목표가 없으니 시간을 어영부영 보냈고, 나보다 남을 위해 보내는 시간이 더 많았다.

그 결과 발전적인 하루하루가 아닌, 소모적인 하루하루가 되었다.

평범한 사람에 머물 것인가? 특별한 사람이 될 것인가? 선택의 귀로에서 도전이라는 카드를 내밀었다.

왕복 3시간을 오가는 버스를 타고 대학을 다녔고, 한 달 30권이라는 독서계획을 세우며 작가라는 목표를 세웠다.

간호사라는 한계를 깨기 위해 사회복지학과에 입학했고, 작가와 강연가가 되어 세상의 모든 엄마와 소통하고 싶었다.

집과 직장 그리고 육아의 반복된 하루하루는 목표를 갖고, 변화를 추구하는 순간 가슴속에서 열정과 오기가 불타올랐다.

목표가 생긴 후부터는 새벽 4시의 알람시계가 울리기 전에 눈이 떠졌고, 하루하루가 소중했다.

직장생활의 스트레스도 웃으며 넘길 수 있었고, 바쁜 상황들이 밀려와도 견딜 수 있었다.

그건 가슴 뛰는 목표와 변화를 추구하는 삶을 살고 있기 때문이었다.

우리 뇌 속에 있는 1000억 개의 뇌세포도 목표를 세우고 실행하면 전두엽에 있는 기획센터가 가동되어 뇌세포 전체가 일사불란하게 움직인다고 한다.

그 뇌세포들이 서로 긴밀하게 커뮤니케이션 하고, 필요한 곳에 신경 세포를 운반하기 위해 아주 바쁘게 움직인다는 것이다.

눈앞에 보이는 이익을 추구하는 목표가 아닌, 자아실현을 위한 행복한 목표를 세워야 한다.

드러커 박사의 유명한 일화를 소개한다(매니지먼트 중에서).

어느 건축 현장에서 세 명의 석공에게 무엇을 하고 있느냐고 물었다.

첫 번째 남자는 이걸로 벌어먹고 있다. 라고 대답했다.

두 번째 남자는 손을 멈추지 않고, 솜씨 좋은 석공 일을 하고 있다. 라고 대답했다.

세 번째 남자는 눈을 빛내며 이 나라에서 제일 좋은 교회를 짓고 있다. 라고 대답했다.

네 번째 남자는 나는 사람들이 마음을 기댈 곳을 만들고 있다. 라고 대답했다.

나의 절친 이자 친언니는 불치병으로 중환자실에서 1년의 시간을 삶과 죽음을 넘나드는 생활을 해야 했다.

루프스라는 희귀병은 모든 장기를 침범하면서, 가장 중요한 폐와 심장을 망가뜨리는 아주 무서운 병이었다.

'가망이 없어요' 라며 말하는 의사들의 설명을 들으며 어떻게든 언니를 살려야겠다는 생각이 들었다.

그렇게 서울 대형병원으로 옮기는 도중 호흡곤란이 왔고, 다시 한 번 죽음과 맞닥뜨려야만 했다.

모든 의사가 안 된다며 고개를 저었을 때, 밤새우며 언니 곁을 지키는 한 명의 의사가 있었다.

호흡기계를 조작하며, 기관지 삽관 튜브 까지 언니 목에 맞춰가며 만드는 그 의사를 보며 진정한 의료인이라는 생각이 들었다.

나중에 식사하면서 들은 그 의사의 이야기는 나의 눈시울을 붉히게 만들었다.

집이 가난하여 의대에 진학하고 싶었으나, 당장 먹고 살길이 바빠

취업전선에 뛰어들었다.

일하면서도 자신의 목표를 이루기 위해 헌책방 가서 책사고, 버스비가 아까워서 운동 대신 걸어 다녔다고 했다.

남들보다 풍족하지 못해서 빵으로 끼니를 때우면서도 의대라는 목표를 세우고, 밤새워 공부하다 보니 코피도 몇 번 났다고 했다.

배고픔도 이겨보고 눈물 묻은 빵도 먹어보며 자신의 꿈을 이뤘다는 것이다.

이야기를 들으면서, 목표를 이루기 위해 노력한 사람 앞에서는 좌절도 패배도 없다는 걸 느꼈다.

우직하게 자신의 목표를 이룬 그 의사는 지금도 어딘가에서 인생의 더 큰 목표를 갖고 살고 있지 않을까? 생각해본다.

내 인생의 나침반이 되었던 '목표를 잘 세우기 위한 방법'을 제시해본다.

첫째, 목표는 자기 스스로 설정한 목표이어야 한다.

스스로 세운 목표는 어려운 일에 직면하더라도 포기하지 않고 밀고나갈 수 있기 때문이다.

남이 정해 주고 억지로 해야 하는 목표는 나쁜 목표이다.

예를 들면, 출판사에서 책 쓰기 등을 하라고 해서, 본인의 의지와 관계없이 억지로 한다면 책의 완성도가 낮을 수밖에 없다.

둘째, 쉬운 목표보다 다소 어려운 목표를 세운다.

실현 가능한 범위 내에서 도전적인 과제일수록 실현 가능성이 높아진다.

단. 너무 어려운 목표는 좌절감을 심어 줄 수 있다.

자신의 가능성이 100이라면 120정도를 목표로 하여, 도전하는 것이 좋다.

달성하기 어렵다는 이유로 일부러 낮은 목표를 잡는 사람이 있는데, 그런다고 해서 달성률이 높아지는 것은 아니다.

쉽게 자만하고, 자기 목표를 실현하겠다는 의지가 약할 수 있기 때문이다.

강철왕으로 잘 알려진 미국 실업가 윌리엄 카네기는 "시작하고 실패하는 것을 계속하라. 실패할 때마다 무엇인가 성취할 것이다." 라고 했다.

셋째, 자신에게 목표를 이룬 후에 적절한 보상과 대가를 준다.

목표를 이룬 후, 보람을 느낄 수 있다면 좋은 목표지만, 억지로 힘들여서 달성했지만 보람도 없고, 허탈감을 느낀다면 좋은 목표가 아니다.

대가 없이 자원봉사하거나, 재능 기부를 하는 사람들은 봉사함으로써, 얻어지는 보람이 크다는 걸 알기에 계속할 수 있는 것이고, 좋은 목표라 할 수 있다.

넷째, 목표로 가는 단계마다 중간 목표를 넣는다.

시작은 자신 있게 했지만, 중간중간 단계가 구체적이지 않다면, 누락되는 부분이 있을 수 있고, 포기할 수도 있다.

중간중간 세분화된 목표를 통해 중간점검을 함으로써, 끝까지 질주할 수 있게 될 것이다.

오래달리기 선수는 결승점을 보고 뛰는 것이 아니라, 구간을 나누어 당장 도착할 목적지를 정하고 뛴다.

다섯째, 작은 목표라도 세우고 하루하루 실천한다.

큰 건축물을 세우는데도 벽돌 한 장에서 시작했고, 위대한 작곡도한 소절부터 시작된다.

목표를 세우고 작은 것부터라도 시작하다 보면 어느 순간, 내가 뿌려 놓은 씨앗들이 열매를 맺게 된다.

너무 막연하다고 생각하며 포기하지 말고, 세분화된 작은 목표라도 하나씩 달성하다 보면 어느덧 내가 이루고자 하는 목표의 골인점이 눈앞에 있게 된다

시간이 없어서, 바빠서라는 핑계가 아니라, 목표를 향해 한 발짝 뗀 순간 시간을 만들고, 관리해서 성과를 낼 수 있게 된다.

여섯째, 목표를 달성하기 위해 결단이 필요하다.

스마트 폰, TV, 과거의 늪에서 빠져나와, 당장 할 수 있는 일부터 실천한다.

오늘까지만 놀고 해야지.. 아이들이 좀 더 크면 그때 해도 되지.. 라며 안주하지 말고, 결심을 실천으로 바꾸는 노력을 한다.

일곱째, 자투리 여유시간이 생기면 하루 목표를 세워보자.

오늘 하루의 중요한 일을 적어보고, 실천하며 무엇보다 잠자기 전 하루의 목표를 점검하고 체크리스트에 적어본다.

여덟째, 작은 목표를 반복하자.

22년 동안 성공을 연구한 로버트 마우어 박사는(아주 작은 반복의 힘)이라는 책에서 "목표를 달성하는 유일한 길은 작은 일의 반복이다." 라고 말했다.

지키지 못할 목표를 세워 하루만 지키기 보다는, 작은 목표를 반복하다 보면 더 큰 목표에 도전할 수 있게 된다.

03

하루 한 시간으로 기적을 만드는 방법

워킹맘의 길로 들어선 순간 출근해서 일하랴, 육아하랴, 내조하랴 하루하루 도돌이표가 일상이 돼버렸다.

워킹맘들은 의식적으로 자신의 시간을 확보하지 않는 한 결코 자신을 위한 시간을 보내지 못한다.

그럼, 어떤 사람이 의식적으로 자신을 위해 시간을 보낼까?

바로 목표가 있는 사람이다.

목표라는 표적지가 있기 때문에 하루 중 자신에게 맞는 시간을 확보하려고 노력한다.

목표가 없다면, 기대한 바가 없으니 의식적으로 시간을 분배하지 않아도 된다.

기대하는 바가 없으니 꼭 이루고 싶은 일, 꼭 해야 하는 일이 없기 때문이다.

똑같은 시간 동안 누군가는 자신을 위한 시간을 만들어서 기적을 이루어 낸 사람이 있다.

워킹맘A씨는 영업부에서 근무 중인 직장인이면서 오랜 경력을 바탕으로 리더십, 코칭을 주제로 강의하는 강연자이기도 하며, 대학원을 다니고 있다.

3가지 일을 하면서 집안일까지 눈코 뜰 새 없이 바쁘게 살고 있지만, 그녀가 이렇게 모든 일을 소화하는 비밀은 바로 새벽 시간의 활용이다.

새벽 1시간은 낮 3시간과 같다는 명언처럼 그녀는 새벽 시간 1시간 동안 공부도 하고, 자신을 위해 시간을 투자한다.

자신을 위해 의식적으로 새벽 1시간을 확보하는 A씨 역시 정확한 목표가 있기 때문에 3가지 일이 가능하다.

어제와 다른 내일의 삶을 위해 새벽 1시간을 오로지 자신을 위해 투자하는 모습이 감동적이다.

내 인생을 반전시키기 위해서는 하루 1시간이라도 자신을 위해 투자한다면 5년 후, 10년 후는 지금의 모습보다 더 발전하지 않을까?

의식적으로 시간을 내서 투자하는 사람과 바쁘고 피곤하다는 핑계를 대며 물 흐르듯 시간을 쓰는 사람은 차이가 날 수밖에 없다.

시간은 가장 소중한 자원이며, 누구에게나 공평하기 때문이다.

효율적인 시간 투자는 자신의 제2인생을 준비하기 위한 발판이며,

목표를 향한 지름길이기 때문이다.

아직도 이걸 할까? 저걸 할까? 망설이며 흘러가는 시간을 그냥 보내다면, 지금 당장 한 발짝이라도 떼야만 한다.

몹시 배가 고픈 당나귀가 두 개의 건초더미에서 이것을 먹을까, 저것을 먹을까, 우왕좌왕하다가 그만 굶어 죽고 만다는 이야기가 있다 (뷰리단의 당나귀라는 일화).

우유부단함과 게으름으로 편안함에 안주해 버리면, 자신의 인생에 기적은 없다.

스튜어트 에이버리 골드에 따르면, 인생의 무한한 기회를 기꺼이 받아들이기 위해서 무언가 되기 (be)위해서는 무언가 해야만 (do)하는 거야. 라고 했다.

변화경영전문가라는 1인 기업 브랜드를 창조한 구본형 씨는 나이 마흔이 훨씬 넘어 새벽의 진가를 알게 된 사람이다. 97년 여름, 지리산 끝자락에서 한 달간의 단식이 끝났을 때, 그는 더 이상 이전의 자신으로 돌아가지 않겠다고 결심했다. 그리고 저녁에 일찍 잠드는 대신 새벽 두 시간을 온전히 자기 것으로 확보해 미뤄두었던 책을 쓰는 일을 시작했다. 그 첫 책이 〈익숙한 것과의 결별〉이었고, 새벽 두 시간을 투자한 지 3년이 지나 변화경영연구소 소장이 되었다. 그는 "새벽 두 시간을 떼어 내어 가장 좋아하는 일을 하라"고 권하면서 "하루를 좋아하는 일로부터 시작한다는 것 자체가 축복이며, 이로 인하여 하루 전체가 여유로워진다." 고 밝혔다.

나 역시 아이 셋을 키우는 워킹맘이면서, 아이 공부도 봐주고, 신랑 내조도 해야 하고, 늘 할 일은 산더미다.

상황이 이러다 보니, 설거지하면서 좋은 강의내용을 듣고, 운전하면서 영어회화를 듣는다.

이렇게라도 시간을 내지 않는다면, 물 흐르듯 시간은 지나가 버릴 것이고, 수다와 스마트 폰으로 하루를 보낼지도 모른다.

남들보다 더 바쁜 워킹맘에게 시간 관리는 곧 자기 관리다.

나의 목표와 꿈을 실현하기 위해, 의식적으로 새벽 시간에 일어났다.

새벽 시간을 선택한 이유는, 워킹맘에 육아까지 소화하다 보니 밤 시간에는 에너지가 방전되는 경우가 많다.

숙면을 취하고 나면 에너지가 가장 활발하고, 새벽은 조용한 시간대이다 보니 집중력이 훨씬 높았다.

새벽 독서와 글쓰기는 나의 목표를 향한 첫걸음이며, 하루를 시작하는 원동력이다.

남들보다 일찍 하루를 시작했다는 생각에 뿌듯하고, 시간을 집약적으로 활용할 수 있다.

또한, 새벽 독서는 직장생활에서도 도움이 되었다.

스트레스받을 일이나, 동료와의 갈등도 긍정적으로 생각하며, 마음의 여유가 생겼다.

새벽에 일찍 일어나 하루를 준비하는 사람과 헐레벌떡 숨 가쁘게 하루를 시작하는 사람과는 격차가 생길 수밖에 없다.

미국 온라인 과학전문 뉴스사이트인 라이브 사이언스가 밝혔다.

저녁형 인간보다, 새벽형 인간들의 전반적인 삶이 훨씬 행복하다는 연구결과가 나왔다.

보통 저녁 형 인간은 아침에 등교나 출근하기 위해 온갖 인상을 찌푸리며 일어난다.

반면에 새벽 형 인간들은 일찍 일어나 여유를 즐긴다.

이런 새벽형 인간들이 저녁형 인간들에 비해 그날의 기분뿐 아니라, 전반적인 인생이 더 행복하고 만족스럽다는 것이다

고 정주영 회장님의 몸에 밴 습관으로 인한 자기관리는 성공을 꿈꾸는 이들에게 큰 모범사례로 꼽힌다.

"나는 젊었을 때부터 새벽 일찍 일어난다. 왜 일찍 일어나느냐 하면 그날 할 일이 즐거워서 기대와 흥분으로 마음이 설레기 때문이다."

우리도 기대와 흥분으로 눈이 떠지는 목표를 정하고, 한 시간씩만

투자해보자.

변명 중에서 가장 어리석고 못난 변명이 "시간이 없어서"라는 변명
이다.

-토머스 에디슨-

하루 한 시간으로 기적을 만드는 방법을 제시해본다.

첫째, 퇴근 후나 새벽 시간 중 나와 맞는 시간대를 확보한다.

저마다의 집중시간이 다르기 때문에, 자신의 집중 시간대를 확인한
다.

될 수 있는 한, 조용한 시간을 확보하는 게 중요하다. 그 이유는 소
음이나 간섭이 없는 시간을 확보하여, 공부나 아이디어의 집중도를
높인다.

몰입도가 높고, 집중력이 가장 뛰어난 시간대가 나만의 골든타임이
다.

둘째, 자신의 하루를 계획한다. 미국의 미래학자 제임스 보스킨은
일을 시작하기 전 15분 동안 무엇을 할 것인지 생각하라고 조언했다.

그로 인해 나중에 4시간을 절약할 수 있다는 것이다.

무조건 하는 것보단 하루를 계획한다면 시간을 절약할 수 있고, 무
엇을 해야 할지 알 수 있다.

셋째, 스마트 폰 · 컴퓨터 · TV 등을 멀리하라.

모니터, 스마트 폰, TV 등에서 나오는 푸른빛은 수면의 질에 크게 영향을 준다.

수면에 도움을 주는 호르몬인 멜라토닌 분비를 방해하기 때문이다.

스마트 폰의 수면 방해가 커피보다 두 배나 강력하다는 조사 결과도 있다.

따라서 잠들기 전 최소한 한 시간 전에는 스마트 폰을 보지 않아야 한다.

깊은 숙면을 취함으로써, 최상의 컨디션으로 새벽 시간을 거뜬히 시작할 수 있도록 해야 한다.

넷째, 꿈과 목표를 되새긴다.

인생의 명확한 목표나 꿈을 종이에 적어놓은 사람은 전체의 10퍼센트라 한다.

성공한 사람 중에는 인생의 명확한 목표를 가지고 매일 살아간다고 한다.

명확한 목표를 갖고, 늘 확인하며 살아간다면 그것을 실현하기 위해 하루를 일찍 시작하게 된다.

스타벅스의 CEO 하워드 슐츠는 새벽 5시에 기상하여, 진한 스타벅스 커피를 마시며 뉴욕타임스나 월스트리트저널 등을 빠르게 검색하고, 전 세계 매장들의 판매 동향을 체크한다고 한다.

다섯째, 깨어나는 시간을 정하라.

몸은 자고 있으나 뇌는 깨어 있는 상태인 렘수면이 방해받으면 깨어나기 힘들다.

보통 렘수면과 깊은 수면 상태인 비렘수면은 70~90분 정도씩 번갈아 이어진다.

따라서 렘수면 이후 이어지는 비 렘수면의 시작 단계에서 일어나는 것이 가장 좋다.

수면 시간을 계산해 알람을 맞춰 주는 다양한 애플리케이션을 활용하여 깨어나는 시간을 정하는 것이 숙면에 도움이 된다.

여섯째, 무엇이든 배우고, 익히자.

적극적으로 배우고, 익히다 보면 어느 순간 더 잘하고 싶은 욕심이 생긴다.

예를 들어, 아이가 어리면 인터넷 강의를 통해 새벽 시간에 공부할 수도 있고, 아이들 학교 가는 시간을 이용해서 도서관에서 공부할 수도 있다.

Never too old to learn. (배우기에 너무 늦은 나이는 없다.)

하루하루 성장하며 노력하는 사람과, 하루하루 안주하며 퇴보하는 사람과 차이는 하루 한 시간의 실천이라는 걸 기억하자.

앤드류 매튜스의 말이다.

새벽에 일어나서 운동도 하고, 공부도 하고, 사람들을 사귀면서 최

대한으로 노력하고 있는데 인생에서 좋은 일이 전혀 일어나지 않는다고 말하는 사람을 나는 여태 본 적이 없다.

04

우선순위를 정하는 방법

어렸을 때는 세상의 중심이 나라는 생각으로 어디서든 자신만만하고, 할 말 하는 성격이었다.

사실 엄마의 병환으로 유년기, 학창기 시절을 혼자 외롭게 지내야만 했다.

그래서 엄마가 생각나는 소풍날이나, 졸업식, 입학식과 같은 행사를 좋아하지 않는다.

엄마의 사랑을 받지 못해서인지, 혼자 외로움 때문인지, 강하게 사는 법을 일찍 터득했다.

엄마의 빈자리를 아버지가 대신하는 모습을 보면서, 늘 씩씩하고 당찬 여자가 되어야겠다는 생각을 했다.

아버지는 새벽부터 가족들 식사 준비와 도시락을 손수 싸줬고, 신문과 함께 하루를 시작하셨다.

학교 과학 선생님이셨던 아버지의 부지런한 모습과 긍정적인 사고 방식은 살면서 많은 도움이 되었다.

그런 모습 덕분에 결혼 전까지는 새벽 일찍 하루를 시작했다.

일찍 일어나서 신문을 보거나, 독서로 하루를 여는 습관을 갖게 된 것이다.

그러나, 결혼과 동시에 육아하면서부터는 하루하루, 아니 일 년, 최근까지도 아이가 삶의 중심이 되었다.

오로지 아이를 위한 시간을 보냈고, 수면시간과 식사 시간도 아이에게 맞춰졌다.

새벽부터 하루를 시작하더라도, 그것은 아이를 위해 모유 수유하고 이유식을 만들고, 빨래하는 것으로 시작했다.

왜 내 시간은 없는 건가? 왜 내 시간은 내 것이 아니란 말인가?

그렇게 아이가 삶의 우선순위가 된 순간, 엄마의 시간은 없었다.

A씨는 초등학교 1학년 아들을 키우는 워킹맘이다.

A씨는 아이의 입학식을 기점으로 육아휴직을 냈다.

그나마 복지가 잘된 회사 덕분에 눈치 보지 않고, 휴직을 할 수 있게 된 것이다.

집에 혼자 있을 아이 생각에 단호한 결정을 내릴 수밖에 없었다.

그렇게 아이가 학교가 있는 시간에 자기계발을 해야겠다는 다짐을 했다.

그동안 못했던 독서도 하고, 악기연주를 배워보기로 했다.

그런데 현실은 아이가 학교 입학과 동시에 엄마들의 할 일이 더 많아졌다.

녹색어머니회, 급식 도우미, 도서관 도우미 등 모든 것이 엄마 몫이었다.

자연스레 학부모의 학교 활동 참여는 엄마의 역할이라며 씁쓸해했다.

A씨는 하루의 시간에 우선순위를 부여하지 않는다면, 흐지부지 시간이 지나갈 거라는 생각을 했다.

학부모 활동 중 아이에게 도움이 될 만한 한 가지만 선택해 참여했고, 나머지 시간은 자기계발 하는 시간으로 보냈다.

그렇게 우선순위를 정해서 시간을 투자한 결과, 지금은 독서 지도사, 심리 상담사 자격증을 취득했다.

그나마 전업주부나, 휴직하는 엄마들은 워킹맘보다 상황이 나은 편이다.

워킹맘인 나의 경우는 학교 활동에 거의 참석을 못하다보니 아이들에게도 미안했고, 일만 하는 이기적인 엄마라 생각 할까봐 퇴근 후에는 누구보다 최선을 다했다.

퇴근 후의 우선순위 1위가 바로 아이들인 것이다.

무슨 일이 있더라도 아이와 대화하기, 함께 식사하기, 포옹하기 등을 실천한다.

우선순위를 염두에 두며 생활을 했더니, 직장 다니고 집안일하고 아이들과 놀아주는데도 여유롭게 하루를 정리할 수 있었다.

그 이유는 우선순위를 정해서 가장 중요한 일에 시간을 투자했기 때문이다.

또한, 하지 않아도 되는 일. 쓸데없는 일, 시간 낭비인 일들은 과감히 하지 않았다.

예를 들어, 새벽에 일어나서 독서하고 글쓰기는 중요한 일이기 때문에 반드시 실천한다.

퇴근 후에는 아이들에게 최선을 다하며, 대화하고 스킨십을 한다.

아이들의 의견에 귀 기울여주고, 고민이나 문제점도 반드시 들어준다.

그러나 텔레비전보거나, 스마트 폰 하기, 동네 엄마들 만나기 등은 과감히 포기하였다.

왜냐하면, 불필요한 전자기기 사용은 시간을 효율적으로 사용하는 데 방해되고, 수다는 시간을 잡아먹는 도둑이기 때문이다.

내가 이렇게 과감히 포기할 수 있는 이유는 생산적인 일에 우선순위를 둠으로써, 시간을 효율적으로 보낼 수 있기 때문이다.

우선순위의 중요성을 이해하기 위해 미국 34대 대통령 아이젠하워가 제안한 시간 매트릭스를 살펴보자.

그는 우리에게 주어진 시간을 크게 4가지로 나누어 설명했다.

아이젠하워 Matrix	Urgent (급한 것)	Less urgent (덜 급한 것)
Important (중요한 것)	①	②
Less Important (덜 중요한 것)	③	④

4는 중요하지도 않고 급하지도 않은 일을 하는 시간이다.

이때 사람들은 생각 없이 스마트 폰을 하거나 새벽까지 텔레비전을 본다.

3은 중요하지 않는데 긴급한 일을 하는 시간이다.

서류 작업을 내일까지 부탁한다는 전화를 받는다거나, 평가받을 기간이 다가왔을 때이다.

1은 중요하고 긴급한 일을 하는 시간이다.

누군가의 생명을 구하거나 당장 해야 할 업무 등이 해당한다.

2는 중요하지만, 급하지 않은 일을 하는 시간이다.

자기계발을 위해 독서나 운동을 하는 경우이다.

아이젠하워는 긴급한 일 중에 중요한 일은 없고, 중요한 일 중에 긴급한 일이 없다고 말하며, 중요하지만 급하지 않은 일을 하는 시간의 영역을 늘릴 것을 주문했다.

즉, 자신을 위해 투자하는 시간이 무엇보다도 중요함을 강조한 것이다.

몇 년 전에 읽었던 책 중에 모 대학교 교수가 돌멩이, 자갈, 모래를 큰 비이커에 담아야 하는데 무엇을 가장 먼저 넣어야 할까요? 질문했다.

정답은 큰 돌멩이부터 넣고, 자갈을 넣고, 마지막으로 모래를 넣어야 한다.

만약 모래부터 넣으면 돌멩이가 들어갈 자리가 없게 된다.

우선순위를 세우지 않고, 중요한 일을 먼저 하지 않으면 하찮은 일로 시간을 낭비하게 된다.

우선순위를 정하고, 중요한 일을 실천하는 것은 시간 관리에서 가장 중요한 부분이다.

당신 삶의 우선순위는 무엇인가? 지금 당장 내 인생의 우선순위를 정해 보자.

자수성가형 갑부로 평생 일군 자산이 하버드대학교 기부금의 약 두 배라는 워런 버핏은 전용기 조종사에게 간단히 3단계로 우선순위를 정하는 방법을 알려주었다.

첫째, 직업상 목표 25개를 쓴다.

둘째, 자신을 성찰해가면서 그중에 가장 중요한 목표 5개에 동그라미를 친다. 반드시 5개만 골라야 한다.

셋째, 동그라미를 치지 않은 20개의 목표를 찬찬히 살핀다. 그 20개는 당신이 무슨 수를 써서라도 피해야 할 일이다.

당신의 신경을 분산시키고, 시간과 에너지를 빼앗고, 더 중요한 목표에서 시선을 앗아갈 일이기 때문이다.

– 그릿 '당찬 포부에 숨겨진 문제점' 중에서 –

05

시간 관리를 잘하기 위해 계획을 세우는 방법

시간관리의 중요성은 설명하지 않아도 누구나 잘 알고 있을 것이다.

성공한 모든 사람을 보면, 1분 1초도 시간 관리를 했다.

우선, 그들을 살펴보면 정확한 목표가 있다.

그다음엔 목표를 향해 계획을 세우고 실천하는 습관이 있다.

누구에게나 공평한 게 시간인데, 성공한 사람은 시간을 집약적으로 활용하며 허튼 곳에 시간을 낭비하지 않는다.

반대로 실패한 사람은 게으른 습관 탓에 다음부터 해야지.. 오늘까지만 놀아야지.. 수다 떨어야지..등 핑계가 많다.

바쁜 워킹맘에게 시간 관리는 반드시 필요하다.

일과 육아사이에서 시간이 부족하여, 안절부절 못하고 있다면 지금 당장 자신의 시간을 살펴봐야 한다.

나 역시도 워킹맘의 길로 들어서기 전까지도 하루하루를 안절부절하며 시간 탓만 하며 살았었다.

아이 셋을 돌보며, 집안일에, 유치원 행사에 끝없이 엄마만 필요로 하는 일 뿐 이였다.

그런데 워킹맘이 되고 나서 시간 관리를 한 지금은 하루가 크게 다르지 않는데도 지금의 삶은 이전보다 더 여유롭다.

새벽 일찍 자연스럽게 눈이 떠지며, 하루 일과를 시작한다.

앞에서 말했다시피, 독서로 시작된 나의 일과는 글쓰기와 공부를 통해 자기계발을 하는 중이다.

자연스럽게 눈이 떠지고, 계획했던 일을 실천할 수 있었던 것은 시간관리도 하나의 습관이기 때문이다.

목표가 있는 삶을 살고, 가슴 뛰는 꿈이 있는 것 자체만으로도 하루를 남들보다 일찍 시작하고픈 이유이다.

물론, 그 목표를 향해 계획을 세우고, 부단히 실천하려는 노력은 필수다.

계획하는 습관을 통해 시간을 잘 관리한다면, 시간을 집약적으로 보낼 수 있게 된다.

피터드러커는 '계획이란, 미래에 관한 현재의 결정이다.'라고 했다.

그렇다면, 좋은 계획이란 어떤 것일까?

첫째, 계획의 내용이 참신해야 한다.

자기 자신에게 동기부여가 되고, 열심히 추진할 의욕이 솟아날 수 있도록 한다.

둘째, 실현 가능성이 있어야 한다.

비현실적이며, 실현이 어려운계획일수록 나쁜 계획이다.

알렉 맥킨지는 계획하는 데 실패하는 것은 실패를 계획한 것과 같다.

계획을 정확하게 세우는 것이 가장 중요하다고 했다

예를 들어, 저축한 돈이 없는데도 은행에서 대출을 받아, 아파트를 사겠다는 건 비현실적인 계획이다.

자금 확보가 되어 있어야 하고, 어느 정도 시간이 있어야 한다.

실행할 수 있는 계획을 세우고, 이를 달성해 나가야 한다.

셋째, 융통성이 있어야 한다.

그때그때 상황을 판단하여 계획을 수정한다.

잘못된 계획임을 알고도 주위만 빙빙 돌기보다는 계획을 신속하게 변경하는 편이 낫다.

또한, 예상치 못한 일이 발생할 가능성을 대비하고, 실행할 때는 투입되는 시간을 다르게 배분한다.

넷째, 미루는 습관을 없앤다.

내일 하자, 다음에라는 한마디는 계획 실천을 방해하는 요소이며, 시간 낭비의 시작이다.

공부하기, 강의 듣기, 운동하기 등의 계획만 세워놓고, 막상 아무것도 하지 않으면 그야말로 그 계획은 무용지물이 되고 만다.

다섯째, 출퇴근 시간에 계획을 세워보자.

워킹맘이라면 출퇴근 시간에 다이어리에 그날의 할 일을 적어본다.

아이들과 할 일, 장보기 신청목록, 회사에서 처리할일, 오늘 해야할 공부 등을 모두 적어보면 잊지 않고 처리할 수 있다.

10분의 투자로 세운 이런 계획표는 일을 처리하는데, 허둥지둥 하는 일 없이 중요한 일을 놓치지 않게 해준다.

여섯째, 한꺼번에 너무 많은 일을 계획하지 말자.

워킹맘으로서 직장, 엄마, 주부, 그리고 파트너로서의 역할을 완벽하게 하려는 슈퍼우먼 신드롬에 시달리지 않도록 하자.

나의 경우는 다이어리에 일일 계획표, 일주일 계획표, 한 달 계획표를 작성하고 실천했으면 브이 표시를 한다.

그리고 중요한 일등은 반드시 며칠 안에 끝내야겠다는 데드라인을 잡는다.

긴장을 늦추는 순간, 조금 더 쉬고 싶고, 조금만 더 자고 싶은 건 당연한 일이다.

사실 일 하면서 독서까지는 습관이 돼서, 틈틈이 책을 손에 놓지 않고 있다.

그러나 좋은 내용을 공책에 적는다거나, 글쓰기 작업등은 시간을 내지 않으면 하기 힘들다.

그래서 2일 동안 한 꼭지 원고 쓰기, 또는 책 1권 중 줄 쳐진 내용을 이틀 만에 다 적기 등의 데드라인을 설정했다.

우리 주변을 둘러보면 중요하지도 않고, 긴급하지도 않는 시간이 너무 많다

무엇보다 계획되지 않는 시간을 멍하니 있거나, 게임을 하거나, 쇼핑하는데 다 써버리는 경우가 많다.

고든 맥도날드는 계획되지 않은 시간의 법칙에 대해 다음과 같이 말했다.

계획되지 않은 시간은 긴급한 일들에 의해 소모된다.

계획하지 않은 시간은 함부로 쓰게 돼요.

마치 정기적으로 받는 용돈 이외에 갑자기 다른 돈이 생기면 쉽게 써버리는 것처럼 말이죠.

또한, 내가 계획을 세우지 않으면, 계획을 세운 다른 사람에 의해 내 시간을 쓰게 돼요.

자신의 결정에 따라서 사는 것이 아니라, 그냥 끌려다니게 되요.

계획 없이 나의 시간을 긴급한 곳에 쓰고 싶은가?

시간 관리도 습관이라는 사실을 명심하며, 계획 세우는 습관을 갖도록 해보자.

계획을 잘 세우는 방법을 제시해 본다.

첫째, 미리미리 계획을 세운다.

예를 들어, 계획을 세우지 않는 주부들은 매끼 다른 반찬을 만들기 위해 시장에 가지만, 계획을 세우는 주부들은 식단을 보고 준비하기 때문에 1주일에 1번씩만 식료품을 구입하면 된다.

또한, 미리 계획을 세워서 장을 보는 사람은 시간을 절약할 수 있을 뿐 아니라, 현명한 소비도 할 수 있다.

둘째, 인생의 목표를 마음에 새기며, 계획을 세워보자,

용기만 있다면 '모든 꿈은 이룰 수 있다' 꿈의 아버지, 월트 디즈니가 남긴 이 말을 기억하자.

나이가 많아서, 바빠서 등의 핑계보단, 한가지의 계획이라도 실천하려고 노력하자.

워킹맘들은 직장에서 받은 스트레스를 풀 때가 마땅치 않다.

그럴 때마다 목표를 달성하겠다는 집념으로 불타오른다면 내가 세운 계획들을 더 열심히 하게 된다.

셋째, 자신의 현재 상황을 살펴서 계획을 세우자.

사실, 아이가 어릴 때는 계획을 세워도 다양한 변수가 존재한다.

자신의 현재 상황을 보고, 배우자 혹은 주위에 나를 도와줄 수 사람과 육아 분담을 하는 등을 통해 하루를 쪼개고, 시간을 쪼개며 계획을 실천해 나가자.

넷째, 매일 달성도를 체크리스트에 작성한다.

일주일의 계획을 세우고, 매일 체크리스트에 달성도를 체크해 본다.

중요한 점을 정확하게 검토할 수도 있고, 개선할 점을 쉽게 찾을 수 있다.

다섯째, 얼마나 시간이 걸리는지 예측하고, 확인하기.

무슨 일을 계획할 때 어느 정도 시간이 소요될지 예측하는 것은 중요하다.

그래야 현실적인 계획을 세울 수 있고, 계획한 대로 실천하는 힘을 기를 수 있다.

여섯째, 일 단위, 주 단위, 월 단위로 고정일과 리스트 만들기.

매일 할 것과 매주 할 것, 매월 할 것 등을 만들어 실천해 본다.

오늘의 계획도 수행하지 못한 사람은 일주일, 월간, 연간 계획도 지키기 어렵다.

일곱째, 마감 시간을 정해 놓는다.

반드시 1시간 안에 끝내야지.. 라고 정해 놓으면 몸과 정신이 집중하게 된다.

또한 마감시간 안에 끝내면 잠시 나에게 보상해 주는 방법도 좋다.

여덟째, 가장 핵심적인 일에 집중한다.

많은 사람이 작은 일에만 초점을 맞추며 크고 중요한 일을 미루는 경우가 있다.

크고 중요한 일을 먼저 끝낸 후 남는 일들을 처리해야 한다.

06

자투리 시간 모으는 방법

우리는 주위에서 늘 '바쁘다, 바빠.'라는 말을 입에 달고 있는 사람들을 흔히 볼 수 있다.

그런 사람들을 천천히 돌이켜 살펴보면, 뜻밖의 시간을 낭비하며 자투리 시간을 활용하지 못하고 있는걸 볼 수 있다.

나의 직장동료는 자기가 세상에서 제일 바쁘다고 입버릇처럼 이야기한다.

자신은 일복을 타고 난 거라면서 집에서도 독박육아, 병원에서도 가장 힘든 부서라며 불만이 가득하다.

주말에도 독박육아에 시댁 행사까지 참여하다 보면 왜 나만 이렇게 바쁘지? 회의감이 든다는 것이다.

하지만 자세히 살펴보면 그 직장동료는 회식도 주야장천 참여하고,

쓸데없는 모임도 다 참석한다.

한번은 점심시간에 밥을 함께 먹는데, 드라마 이야기에 푹 빠져 시간 가는 줄 몰랐다.

그런 수다나, 남의 이야기 하는 데는 시간을 함부로 쓰는 동료를 보면서, 시간이 없는 게 아니라 본인이 시간을 낭비하고 있다는 걸 느꼈다.

우리가 알게 모르게 흘려보내는 시간, 텔레비전 보거나, 게임을 하는 시간, 멍 때리는 시간만 합쳐도 1시간 이상은 될 것이다.

그 시간만 모아도 자격증 공부를 할 수도 있고, 책 1권 정도 거뜬하게 읽을 수 있을 것이다.

시간이 없다는 말을 입에 달고 사는 사람치고, 부지런한 사람을 본 적이 없다.

미국의 위인 벤지민 프랭클린은 이런 말을 했다.

당신은 인생을 사랑하는가? 그렇다면 시간을 낭비하지 마라.

실제로 그는 자투리 시간을 활용해 3개 국어를 익힌 경험이 있었다.

그의 집안 형편은 넉넉하지 않았기 때문에 그는 열두 살 때부터 인쇄공 일을 시작했다.

그의 부모는 가난한 양초 제조업자였고, 돌봐야 할 형제는 무려, 열

일곱 명이나 되어 그는 일찍 학교를 그만둘 수밖에 없었다.

그렇지만 그는 틈틈이 독학으로 프랑스어, 스페인어, 이탈리아어 등 3개 국어를 익혔다.

그 비결에 대해 이렇게 말했다.

점심을 먹고 나면, 10분씩 휴식 시간이 주어진다.

한 달이면 210분, 1년이면 2520분이다.

작지만 꾸준한 노력으로 그는 원하는 바를 이룰 수 있었던 것이다.

10원짜리를 우습게 보는 사람치고 큰돈을 모으는 사람 없듯이 1분, 5분을 우습게 보는 사람치고 시간 관리 잘 하는 사람 역시 없다.

티끌 모아 태산이라는 속담이 있다.

흘러가는 작은 시간을 잘만 활용한다면 자투리 시간에 많은 일을 할 수 있다.

1인 3역을 소화하는 워킹맘들은 그 누구보다 자투리 시간을 무시한 채 흘려보내면 안 된다.

나의 경우는 한 달에 30권이라는 독서하기 목표를 세우며 실천 중이다.

그러다 보니, 자투리 시간이 나면 언제든지 책을 볼 수 있도록 가방에 2권 정도 넣고 출근한다.

간호사의 특성상 일하면서 자투리 시간은 거의 없지만, 콘퍼런스

하기 위해 남는 시간이 있다면 그 시간을 잘 활용하려고 한다.

모두가 쓸데없는 잡담으로 시간을 보낼 때, 자투리 시간을 활용한다는 건 짜릿한 기분마저 든다.

그뿐만 아니라 자투리 시간에 인터넷 강의를 통해 보육교사, 요양보호사, 아로마테라피스트, 사회 복지사까지 자격증을 취득했다.

아이가 어릴 때는 인터넷 강의를 통해, 남는 시간을 이용했더니 자격증이 몇 개 생겼다.

우리 집에는 화장실에 식탁에 그리고 거실 바닥에 늘 책이 몇 권씩 있다.

심지어 여행 갈 때도 책부터 넣는 습관이 생겼다.

텔레비전과 게임보다는 자연스럽게 책과 친해지면서, 언제 어디서든 자투리 시간에 책을 볼 수 있는 환경을 만든 것이다.

매 순간, 정신을 차리지 않으면 흘러가는 시간을 눈 깜짝할 새에 보내게 된다.

자투리 10분 시간으로 자격증 55개를 딴 소병량 선생님은 틈틈이 자투리 시간을 잘 활용했다.

소병량 선생님은 서울에 있는 삼성 고등학교에서 공업과 기술 과목을 가르치고 있다.

그의 하루는 정신없이 바쁘지만, 그는 수업이 끝난 쉬는 시간 10분 자투리 시간을 황금처럼 사용한다.

고작 10분 동안 얼마나 공부할까 싶지만, 수업이 7교시면 쉬는 시간은 총 70분이 된다.

그는 이 쉬는 시간을 투자해 다양한 국가 공인 자격증을 취득했다.

소병량 선생님은 자투리 시간을 활용해 5년 정도 더 공부할 계획이라고 한다.

주 5일 근무제를 기준으로 하루 쉬는 시간 70분을 5년 동안 활용한다고 하면 다음과 같은 계산이 나온다.

365 ÷ 7(1주일)×5일(출근 일수)×1.2 시간(쉬는 시간)×5년= 약 1564 시간.

아직도 자투리 시간을 우습게 볼 것인가?

자투리 시간을 효과적으로 활용하기 위해서 몇 가지 방법을 제안한다.

첫째, 제일 먼저 자신이 언제 자투리 시간이 생기는지, 어느 정도 시간이 나는지 적어본다.

예를 들어 출퇴근 시간 지하철에서 30분, 출근 후 10분, 점심시간 20분 등 기록한다.

둘째, 자투리 시간에 할 일을 계획한다.

5분 10분 15분 단위로 할 수 있는 것들을 적어 놓는다.

예를 들어 5분- 아이들에게 전화하기, 아이들 문제집 채점해주기 등.

10분- 피아노 레슨 봐주기, 핸드폰으로 장보기 등.

15분- 독서하기, 감사일기 쓰기 등.

늘 입에 바쁘다고 핑계만 되는 사람들, 스마트 폰만 하는 사람들, 책 읽을 시간 없다며 변명만 늘어놓는 사람들은 자투리 시간을 잘 활용하여 시간 계획을 세우길 바란다.

셋째, 자투리 시간을 이용해 쇼핑리스트를 스마트 폰에 입력해 놓는다.

장 보러 가는 시간을 줄일 수도 있고, 필요한 물건만 구입할 수 있다.

넷째, 새벽의 자투리 시간을 밀도 있게 보낸다.

새벽시간은 아무도 일어나지 않는 시간이므로, 시간을 밀도 있게 보낼 수 있는 가장 좋은 시간대이다.

오후에 1시간에 끝낼 일도 새벽에 하다보면 20분~30분이면 다 하는 경우가 있다.

30분만 일찍 일어나더라도, 하루의 할 일 중 절반은 할 수 있게 된다.

새벽 자투리 시간을 활용해서 하루 계획을 세우거나, 우선순위를 세운다면 하루를 허겁지겁 보내지 않게 된다.

다섯째, 출퇴근 시간을 확보한다.

대중교통을 이용하는 대부분의 사람은 SNS를 하거나 TV 시청을 하면서 의미 없이 보낸다.

황금 같은 자투리 시간에 책을 읽거나 스마트 폰을 이용하여 어학 공부를 하는 습관을 갖도록 해보자.

여섯째, 점심시간을 확보한다.

점심시간을 활용해서 주변 사람들과 친목을 도모하는 것도 좋은 방법이다.

저녁에 따로 시간을 내기보단 점심시간을 이용해서 안부를 묻는 것도 자투리 시간을 이용하기에 좋다

또한, 점심식사 후 햇볕을 쬐면서 산책하는 것도 멜라토닌 발생을 증가시켜 뼈를 튼튼하게 하고 기분이 좋아진다.

워킹맘의 경우 운동시간이 턱없이 부족하기에 자투리 시간을 이용해 주변에 나무가 많고 조용한 장소를 찾아 산책하는 것도 좋다.

일곱째, 퇴근 후 복잡한 시간을 피한다.

복잡한 지하철과 버스에 몸을 싣는 것보단, 인터넷 강의나 독서 후, 한가할 때 귀가 하는 것도 좋다.

하루를 바쁘게 보낸 시간을 정리하고, 잠시 휴식을 취하며 에너지를 충전하는 시간도 좋다.

07

잠깐, 휴식 시간을 통해 나를 재충전한다

바쁜 워킹맘들에게 잠깐 멈추는 시간을 가지라고 하면 대부분 할 일이 얼마나 많은데요... 멈추면 야근까지 해야 돼요.. 라는 반응이다.

주위 워킹맘들만 봐도 자신을 위해, 재충전하는 시간을 내는 건 엄두도 못 낸다고 한다.

재충전을 위해 자신도 회식이라는 걸 하면서 스트레스도 풀고, 사람들과 수다도 떨고 싶다고 했다.

또한, 회사뿐 아니라 집에서도 엄마만 찾는다며, 자신은 늘 바쁜데 언제 재충전을 하냐며 오히려 반문한다.

여기서 말하는 재충전은, 누군가를 만나서 시간을 함께 쓰라는 말이 아니다.

바쁘게 하루, 한 주를 보낸 나 자신을 위해 잠시 모든 일을 멈추고,

내면의 소리를 들어보라는 것이다.

기 코르노 씨에 따르면 '우리는 내면의 공간을 만들어서 자신을 되돌아볼 수 있는 시간을 가질 필요가 있다. 그런 시간을 갖지 못한다면, 우리의 자아에 대한 인식은 나아질 수가 없다. 그렇게 되면 우리는 다람쥐 쳇바퀴 속에서 나에게 일어나는 일에 대해 습관적으로 반응할 것이다.' 라고 했다.

워킹맘 J씨의 하루 일과는, 6시간 수면 후, 새벽 6시에 기상한다.

일어나서 가장 먼저 하는 일은 침대 옆 테이블에 놓아두었던 아이폰을 들고 이메일을 확인하는 것이다.

밤새 시급한 일이 생기지 않았나 하는 노파심에서 하는 일이란다.

실상은 휴대폰을 보고 싶은 유혹을 떨치지 못했기 때문이다.

그렇게 아이들의 아침 식사 준비와 자신의 출근준비를 한다.

아이 둘을 어린이집에 보내고, 젖은 머리를 푼 채로 편하게 운동화를 신고 지하철에 올라탄다.

대형 기획사에서 일하다 보니, 회사 내부뿐 아니라 외부의 일들도 많다.

9시 출근부터 회의하고, 이메일 답장하고, 외부업체 사람과 미팅을 하다 보면 점심시간까지도 놓치기 일쑤다.

핸드폰과 메일로 일정을 잡고, 기획서도 작성해야 하는 일이 반복되다 보니 퇴근시간인 7시가 되면 에너지는 거의 바닥이 난다.

그렇게 집에 돌아가는 길에 아이들을 어린이집에서 데려오고, 저녁 식사를 차리고, 목욕을 시키고, 알림장을 확인하는 일까지 하다 보면 잠잘 시간이 되는 것이다.

월요일부터 금요일까지 쉬지 않고 반복되다 보니, 어느 순간 잠을 자도 개운하지 않고 편두통에 시달리며 늘 긴장 속에서 하루하루를 살고 있다.

회사에서는 승진을 위해 최선을 다하지만, 퇴근 후 아이들에게는 늘 짜증과 신경질적인 자신의 모습이 싫다고 했다.

누구를 위해, 무엇을 위해 이렇게 살고 있는가? 한 번씩 울컥울컥한다는 것이다.

열심히 치열하게 살기 위하는 것이, 쉬지 않고 전력 질주하라는 말은 아닐 것이다.

워킹맘들은 에너지 배분을 잘해야만, 더 멀리 더 높이 갈 수 있다.

회사에서 에너지를 다 써버리고, 퇴근 후에 겨우 비축 분으로 유지해보지만, 우리 뇌의 피로도는 급격히 증가한다.

뇌는 크게 감정과 본능을 담당하는 구피질, 의지와 판단 등 이성을 주관하는 신피질로 나뉜다.

구피질이 하루쯤 집에서 쉬고 싶다고 생각해도 신피질이 일이 쌓여

있으니 부지런히 일하라고 고집을 피우면 뇌의 가장 안쪽 시상하부에
부하가 걸린다.

시상하부는 우리 몸의 혈압, 호르몬, 체온, 맥박 등을 조절한다.

이런 기능이 서서히 저하되고, 생명과도 직결될 수 있다.

오히려, 정신없이 바쁠수록 더 몸과 마음의 여유를 갖고, 나의 내면
의 상태를 점검해야 한다.

중요한 것이 무엇인지, 삶의 우선순위가 무엇인지, 점검하면서 나
자신과 대화를 나눠야 한다.

나 역시도 아이 셋을 키우며 직장생활을 하다 보니 에너지가 바닥
나는 건 기본이고, 집안일까지 하다 보면 에너지는 방전된다.

왜 나만 힘들게 살고 있는지,,. 왜 내 시간은 없는지 억울한 마음마
저 든다.

그러다 보니 일을 해도 즐겁지가 않고, 피곤과 두통으로 하루하루
를 견뎌야만 했다.

답답한 마음에 퇴근 후 1시간 동안 공원을 산책하면서 나 스스로와
이야기를 나눴다.

열심히 사는 나 자신에게 수고했어, 잘하고 있어, 힘내라며 응원하
는 것이다.

또한 잠시 숨을 고르고 바라본 하늘과 공원 경치는 그동안 바쁘게

만 살아왔던 나 자신을 되돌아보게 했다.

지금도 습관적으로 일주일에 2번 정도는 공원 산책을 하며, 나 자신과 이야기 나누는 시간을 보내고 있다.

무조건 앞만 보고 달리면 빨리 갈 수 있을지는 모르나, 행복과 여유는 포기하는 꼴이다.

"여기 좀 보렴, 이 창을 들여다봐, 네 영혼을 보여주는 창이란다.

이 창은 너에게 네가 누구이며 네가 사랑하는 것이 무엇인지, 네 삶의 소리에 귀 기울일 때 네가 평생 하게 될 일이 무엇인지, 그리고 네 삶이 너를 어디로 부르고 있는지 보여주고 있단다."

켄 가이어의 〈영혼의 창〉 중에 나오는 한 구절이다.

많은 현대인이 자신의 창을 제대로 들여다볼 여유 없이 앞만 보고 바쁘게 살아간다.

때로는 자신의 영혼의 창에 귀 기울여 잠시 들여다 볼 줄 알아야 한다.

이는 자기 안의 속도에 맞추어 사는 방법이고, 앞으로 더 열심히 살기 위한 에너지 비축분이 되기 때문이다.

바쁜 현대인과 워킹맘에게 잠깐 멈추는 시간을 갖는 방법을 제시해 본다.

첫째, 하루 중 외부 자극을 전혀 받지 않는 나만의 공간을 만들자.

에너지를 다시 채우고 힘을 내기 위해서는 자신만의 공간을 만들고, 자신만의 시간을 갖자.

창조적 영감을 주는 곳이라면 어디라도 괜찮다. 어떤 사람들은 서점이 될 수 있고, 어떤 사람은 호텔이 될 수도 있다. 내 마음이 편하고, 조용히 생각에 젖을 수 있는 시간과 장소를 마련해보자.

둘째, 다른 사람말보다 자신의 직감에 귀를 기울이자.

남들의 의견과 비판보다 더 중요한 건 자기 자신의 내면의 소리이다.

대중의 소리에 설득 당하지말고, 자신의 직관을 더 믿어야 한다.

셋째, 뇌를 쉬게 하자.

슬럼프를 일으키는 가장 큰 이유 중 하나는 피로다.

가끔은 생각을 비우고, 잠을 푹 잔 뒤, 다시 한번 새로운 아침을 맞이해 보자.

중요한 과학 연구 결과에 따르면, 수면이 음식보다 중요하다는 것이다.

우린 일주일 동안 아무것도 먹지 않아도 버틸 수 있다.

하지만 단 이틀이라도 잠은 안 자면 완전히 망가진다.

한 시간의 수면을 쉽게 포기한다고 해서, 생산성이 한 시간만큼 올라가지 않는다는 것이다.

실상은 수면이 아주 조금 부족해도 우리 인지 능력은 상당히 피해를 입는다.

넷째, 의식적으로 혼자 있는 시간을 만들어 의미 있게 보내자.

많은 사람에 치여 한 주를 보냈다면, 일주일에 한 번쯤은 혼자 있는 시간을 만들어 자신이 원하는 일, 나 자신을 사랑하는 일등을 해보자.

다섯째, 타이머를 이용하여, 집중적으로 일과 휴식을 균등하게 한다.

집안일은 해도 해도 끝이 없기 때문에 타이머를 이용해서 25분마다 울리게 하면, 집중력도 향상되고 그 시간이 울리기 전에 끝내기 위해 노력한다.

그러다 보면 집중력을 유지하면서 한 가지 일을 빨리 끝낼 수 있고, 그 후에는 나 자신을 위한 시간으로 보낼 수 있다.

에너지가 바닥나기 전에 멈추고 에너지를 충전한다면 일의 효율도 그만큼 높아질 것이다.

독일 사람들의 시간 관리법을 보면 핵심은 한마디로 '일할 때 집중해서 똑똑하게 일해라' 라고 한다.

더 적게 일하고 더 많은 성과는 내는 것이며, 중요한 일을 모노태스킹(한 번에 하나에만 집중하라)는 것이다.

아무리 "의지가 강하고 잘 훈련되었다고 해도 하루는 절대 24시간 이상일 수 없는, 그 절대 시간(24시간)을 유야무야 흘려보내지 말고 보다 집중적이고 사용하라"고 설명한다.

곧, 집중하는 시간을 통해, 잠깐 멈추는 시간을 더 많이 확보할 수 있고, 그 결과로 행복을 누리는 시간이 많아진다는 것이다.

하프 타임

당신은 인생 전반전에 어떤 능력과 열정을 발휘하며 살았습니까?

성공한 편입니까? 실패한 편입니까?

한때 실패했어도 만회할 기회는 있습니다.

전반전에 히딩크 감독의 별명은 오대 빵(5:0) 이었습니다.

그러나 후반전에는 대한민국의 영웅이 되었습니다.

게임의 승패는 후반전에 결정됩니다.

그런데 전반전과 후반전 사이에는 하프타임이 있습니다.

하프타임은 단지 쉬는 시간이 아닙니다.

후반전을 위한 작전타임입니다.

인생의 목표와 전략을 새롭게 짜게 하는 강력한 도전 !

여러분 마음 깊은 곳에서 울리는 호루라기 소리를 듣고 멈추십시오.

지금 여러분에게는 작전타임이 필요합니다.

후반전의 목표는 무엇입니까?

08

좋은 습관은 시간을 절약시켜준다

시간관리는 좋은 습관의 하나다.

좋은 습관을 갖고 있는 사람은 결코 시간을 낭비하거나, 쓸데없는 곳에 쓰지 않는다.

즉, 자투리시간 버려진 시간조차도 아끼고, 자신을 위해 시간을 투자하는 습관을 갖고 있다.

내가 새벽 5시에 눈을 뜨며, 독서를 하는 것도 자투리 시간에 계획을 세우는 것도 좋은 습관 덕분이다.

만약, 스마트 폰과 이메일을 보며 하루를 시작했다면 그것은 나쁜 습관이 몸에 밴 것이다.

브라이언 트레이시는 다음과 같이 말했다.

"심리학과 성공학 분야의 가장 중요한 발견은 당신이 생각하고 느끼고 행동하고 성취하는 모든 것의 95%가 "습관의 결과"라는 사실이다.

간단히 말하면, 성공하는 사람은 성공하는 습관을 지니고 있고, 실패하는 사람은 실패하는 습관을 가지고 있다는 것이다.

우선, 좋은 습관을 갖기 위해선 과거로부터 해왔던 나쁜 습관들을 과감히 버려야 한다.

예를 들어 스마트 폰을 옆에 끼고 있거나, 텔레비전을 보는 습관, 멍하니 있는 습관 등은 버려야 한다.

동료 중 한 명은 한 달의 3kg 감량을 목표로 열심히 운동 중이다.

예쁜 옷을 입고, 하이힐을 신는 게 자신의 바람 이라고 했다.

1년 후에 자신의 목표에 도달하기 위해, 저탄수화물식이를 하고 걷기운동을 했다.

그러나 직장 일이 끝나고, 운동하고 나면 얼마나 배가 고픈지 야식의 유혹을 참지 못하고 각종 음식을 시켜 먹었다.

다음 날 아침에는 부어있는 자신을 보며 후회해 보지만 이런 습관은 쉽게 고쳐지지 않았다.

자신을 유혹하는 신랑과 텔레비전의 먹방 프로그램의 유혹을 쉽게 떨쳐버리지 못하는 것이다.

그렇게 늘어나는 체중을 보며 자신의 생활에 변화가 필요하다고 느꼈다고 한다.

야식을 과감히 끊고 유혹을 뿌리치기 위해 헬스와 수영을 등록했다.

그렇게 하루하루 체중을 체크하며 아침마다 몸무게 변화표를 작성했다.

야식을 끊은 후부터 500g씩 감량되는 몸무게를 보자 더욱더 열심히 하게 되었다.

그 결과 다이어트 시작 한지 6개월 동안 몸무게도 줄었고 생활의 활기가 생겼으며, 지금은 운동이 습관으로 자리 잡혔다.

습관이 만들어지는 과정은 행동과학의 ABC 모델을 통해 쉽게 이해할 수 있다.

ABC 모델의 A는 선행조건(Antecedent), B는 행동(Behavior), C는 결과(Consequence)다. 즉 '어떤 자극이 주어졌을 때, 어떤 행동을 하고, 그 결과 어떻게 됐다' 라는 것이다.

선행조건은 습관적인 행동을 하게 만드는 방아쇠다.

보통 뇌가 주의를 기울이지 않는 만큼, 습관은 아무런 이유 없이 반복되는 것으로 생각하기 쉽다.

하지만 잘 생각해보면 어떤 행동을 반복하게 되는 상황이나 자극이 있기 마련이다.

이런 선행조건이 주어졌을 때 특정한 행동을 하게 된다. 이것이 바로 습관이다. 습관을 만드는 또 하나의 키워드는 결과다.

결과는 습관이 강화되는 데 큰 역할을 한다. 그 과정은 다음과 같다.

어떤 자극이 가해지고 그로 인해 어떤 행동을 했을 때, 긍정적인 보상을 얻게 됐다고 하자. 이와 같은 상황이 반복됐을 때, 그 보상을 다시 얻기 위해 같은 행동을 할 가능성이 커진다.

이것이 일관적으로 반복될 경우, 습관이 만들어지고 점점 굳어지게 된다.

위대한 업적을 남긴 위인이나 성공한 사람들은 규칙적인 생활 습관을 지니고 있다.

세계 최고의 갑부로 알려진 빌 게이츠는 어린 시절부터 어머니께 시간 관리 교육을 철저히 받았다.

교사 출신의 어머니는 일주일 치 옷을 미리 준비해서 입게 했고, 식사도 규칙적으로 하게 했다

규칙적인 습관 덕분에 날마다 해야 할 일을 적절한 시간에 하고, 꾸준히 실천하게 된 것이다.

그가 사업가로 성공했을 때, 어렸을 때부터 익힌 규칙적인 생활 습관이 큰 힘이 되었다고 말했다.

좋은 습관은 일을 계획적으로 실행하게 하여 시간 낭비를 최소화할

수 있기 때문이다.

세계에서 유명한 천재들의 일과를 살펴보면, 규칙적인 시간을 통해 항상 같은 시간에 일어나 식사하고 일하고 산책했다.

그들이 위대한 업적을 남길 수 있었던 것은, 규칙적인 삶 속에서 꾸준히 창작의 시간을 통해 영감을 받았기 때문이다.

좋은 습관을 통해 시간을 절약하기 위한 방법을 제시해 본다.

첫째, 규칙적인 시간을 정하여 실천한다.

식사시간, 독서시간, 운동시간 등을 정해 놓고, 규칙적으로 습관을 만들어 보자.

바쁘다는 핑계로 아침 식사를 거르거나, 식사 시간을 지키지 않고 남는 시간에 끼니를 대충 때우면, 뇌세포로 가는 포도당이 떨어져 학습력, 기억력, 집중력이 떨어진다.

포도당은 기억력과 관련된 아세틸콜린이라는 신경전달물질을 증가시키는 역할을 하기 때문에 하루의 에너지를 내기 위해서는 규칙적인 식사 습관이 중요하다.

또한 규칙적인 운동은 건강과 체력을 유지해 주기 때문에, 워킹맘들에게는 필수일 수밖에 없다. 1인 3역을 소화하기 위한 기본은 체력이기도 하다.

부자 되는 습관의 저자 토마스 C. 콜리는 223명의 부자와 128명의 가난한 사람을 대상으로 습관에 관해 연구를 했다.

그랬더니 매일 30분 이상씩 규칙적으로 책을 읽는다고 답변한 부자들은 88%나 되는 반면, 가난한 사람들은 2%에 불과했다.

둘째, 타이머를 이용하여 좋은 습관을 갖자.

우리 집에는 식탁에 타이머를 놔두고 30분 후에 타이머가 울리면, 식사 시간이 끝났음을 알려준다.

또한, 하기 싫은 일은 타이머를 이용하여 째깍거리는 소리에 맞춰서 하다 보면 집중력이 높아지는 효과를 얻을 수도 있다.

아이들도, 가끔 휴식시간에 30분만 게임을 할게요. 라고 말은 하지만 하다 보면 끝없이 하는 경우가 있다.

그럴 때, 타이머를 설정하여 타이머가 울리면 꺼야 하는 습관을 들였더니, 정확히 약속을 지킬 수 있었다.

셋째, 부지런히 몸을 움직이는 습관을 갖자.

가만히 앉아 있는 사람에게는 아무 일도 일어나지 않는다. 라는 말처럼 부지런히 움직여서 스스로 좋은 습관이 몸에 배도록 해야 한다.

움직일수록 작은 성공의 경험이 만들어 지고, 작은 성공은 다음 성공을 불러온다.

백조가 우아하게 수면위에 떠 있을 수 있는 이유는 수면 밑에서 끊임없이 발을 움직이기 때문이다.

넷째, 매주 한가지씩 새로운 것을 시도하는 습관을 갖는다.

기존의 안정된 상태에 머물기보단 새로운 것을 시도함으로써, 우물 안 개구리가 되지 않도록 노력하자.

일상이 반복이라는 틀에 갇히지 않기 위해서는 새로운 것을 시도하고, 배우고, 익히고, 생각하는 습관을 갖도록 하자.

예를 들어, 나의 경우에는 주말마다 가는 도서관을 한 곳만 가지 않고 여러 곳을 가며 이곳저곳을 둘러본다.

그리고 그 주위에 있는 음식점에서 한번도 맛보지 못한 음식을 먹어보기도 한다.

인터넷 강의도 이것저것 들어보고, 좋은 강의나 공연과 같은 문화생활 공간을 직접 찾아가 본다.

때로는 혼자서 차 타고 새로운 장소로 떠나기도 하고, 낯선 도시에서 하루 정도는 둘러보는 것도 꽤 괜찮은 방법이다.

최근에는 답답하고 반복된 일상에 탈피하기 위해, 전주에 가서 아침부터 저녁까지 혼자 돌아다니며, 전주라는 도시의 매력에 빠지기도 했다.

스스로 변화를 체험한 사람일수록 어떻게 시간을 보내야 할지, 왜 시간을 소중하게 사용해야 할지를 안다.

다섯째, 때론 스마트폰 알림음을 끄고 생활해 보자.

하루 종일 카톡이라는 알림음을 통해 스트레스받아본 사람이 있을 것이다.

쓸데없는 정보와 대화로 시간을 허비하며 남들 시간에 끌려다니지 않아야 한다.

습관처럼 아침에 자고 일어나서 또는 직장에서 퇴근하고 늘 스마트폰과 함께 생활하는 좋지 않은 습관을 버려야 한다.

그뿐만 아니라 요즘에는 SNS 피로 증후군이라는 신조어가 등장할 정도로 SNS로 인해 피로감을 호소하는 사람이 많아졌다.

디지털 단식의 저자인 엔도 이사오 와세다 대학교 MBA 교수는 새로운 것을 창조하는 것은 삶의 현장에서 발로 뛰고 행동하는 것임을 강조하며, 정보에 집착하는 사람에게 디지털 단식을 할 것을 권고한다.

스마트 폰을 멀리하고 그 시간을 계획을 세우거나 독서, 산책 등 자신을 위한 좋은 습관으로 만들어 보자.

여섯째, 거절하는 습관을 갖자.

다른 사람의 부탁이나 방해를 거절하지 못해서 시간을 낭비하는 경우도 있다.

집에 가서 해야 할 일이 있는데도 친구가 만나자고 하면 할 일을 미루는 습관은 올바르지 못하다.

회사에서도 내가 할 수 없는 일, 할 만한 가치가 없는 일등은 단호하게 거절 할 줄 알아야 한다.

단호한 거절에서는 카리스마가 느껴지고, 존경심이 생긴다는 미국 속담은 거절하는 사람은 냉정하고 이기적이라는 왜곡된 이미지를 없애주며, 정중한 거절은 부탁을 반 들어준 것이나 다름없다. 라는 영국 속담은 거절을 잘하는 것이 오히려 좋은 관계를 만드는 방법임을 깨닫게 해준다

"거절하기로 결단하라. 너무 많은 일에 너무나 많은 시간과 노력을 쏟지 않도록 하라. 정작 더 중요한 일을 해야 할 시간을 빼앗기지 않도록 하라"-캐머런 건(프랭클린처럼 살아보기)

09

하루의 10%의 시간은 자신에게 되돌려 준다

우리나라의 지난해 노동시간은 2241시간으로 경제협력개발기구(OECD) 회원국 중 멕시코의 2255시간 다음으로 길다.

이는 OECD 평균 노동시간 1763시간 대비 127%에 해당된다.

대부분의 직장인들은 야근도 밥 먹듯이 하고, 주말근무도 회사에 반납하다보니 자신만의 시간을 갖는 사람이 드물다.

워킹맘들도 상황은 마찬가지다. 퇴근 시간이 임박해서는 가슴이 초조해지고, 퇴근 시간이 땡 돼서 나가면 뒤통수가 따갑다.

야근은 피하더라도, 집에 가서 육아와 씨름하다보니 나만의 시간을 갖는 건 엄두도 못 낸다.

J씨는 5년차 워킹맘으로서, 5년 동안 집과 직장 그리고, 살림과 육

아라는 틀에 갇혀서 아무런 목표 없이 살았다.

5년 동안, 온전히 자신을 위해 쓰는 시간이 없다 보니, 어느 순간 직장생활도 지겹고, 반복된 하루하루가 싫다고 했다.

스트레스를 풀기 위해 사람들도 만나보지만, 뒤돌아서서 집에 오면 가슴 한구석의 허전하고 공허함 마음으로 잠을 쉽게 이루지 못한다.

자식을 위해 헌신적으로 학원비를 대며, 뒷바라지했지만, 돌아오는 대답은 냉정하다.

가족들은 엄마의 희생을 고마워하기보단 엄마의 삶을 즐기면서 살지 그랬어?

누가 희생하며 살래? 라며 오히려 자신만의 시간을 갖지 못한 세월이 후회스럽다고 했다.

이런, 상황이 되지 않기 위해서는 하루의 10%의 시간을 투자함으로써, 자신의 인생을 살아야만 한다.

즉, 자신의 시간을 스스로 만들어야 한다.

자신을 위한 시간은 나의 성장에 이로운 시간이어야 하고, 내면을 성장시킬 수 있는 시간이어야 한다.

월트 디지니의 최고 운영 책임자인 리 코커렐은 자신의 저서 타임 매직에서 이렇게 말했다.

시간은 소비하는 것이 아니라 투자하는 것이다.

한번 써서 사라지는 게 아니라, 자신이 원하는 목표와 목적을 이루기 위해 투입하는 자원이다.

내가 돈을 투자했을 때, 얻어지는 게 있거나 얻는 것이 아무것도 없거나 하듯, 시간도 마찬가지라는 것이다.

우리 부부의 경우는 주중과 주말을 나누어 각자의 시간을 존중해 주기로 했다.

예를 들어, 저녁 식사 후 가족 모두 독서시간을 갖는 경우, 막내의 책을 번갈아 가면서 읽어준다.

또한, 일주일에 3회 정도는 아이들을 신랑에게 맡기고, 카페나 서점에 가서 시간을 보낸다.

책도 읽지만, 요즈음에는 글쓰기에 몰입하면서 나만의 시간을 보내고 있다.

10%의 시간을 투자함으로써, 제2의 작가, 강연가의 목표를 향해 도전하는 중이다.

신랑 역시 일주일에 2회 정도는 퇴근 후에 영어강의를 듣거나, 독서를 하고 집에 온다.

회식이나 모임에 참석해서 스트레스를 푸는 것도 좋지만, 자신의 시간을 스스로 계획하지 않으면 남에게 끌려 살게 된다는 사실을 알기 때문이다.

'개미', '뇌' 등의 소설로 유명한 프랑스 소설가 베르나르 베르베르(Bernard Werber)는 "실패한 인생이란, 자기 자신이 아닌 다른 사람만 만족시키다 끝나는 삶이다.

어릴 때는 부모 말만 듣고, 학교에 들어가서는 선생님 만족에만 따르며, 사회에 나와서는 상사에게 잘 보이려고 하고, 결혼 후에는 배우자나 아이에게만 맞춰주는 삶, 이런 삶은 실패한 삶이다"라고 말했다.

타인에게 맞추며 살아가는 삶이 아닌, 나 자신을 위해 하루 10%의 시간을 투자해야 훗날 나의 인생을 내가 책임질 수 있게 된다.

스티브 잡스의 스탠퍼드 대학교 졸업식 축사 중 일부이다.

"여러분들의 시간은 한정되어 있습니다.

그러므로 다른 사람의 삶을 사느라고 시간을 허비하지 마십시오.

다른 사람들이 생각한 결과에 맞춰 사는 함정에 빠지지 마십시오.

다른 사람들의 견해가 여러분 자신의 내면의 목소리를 가리는 소음이 되게 하지 마십시오.

그리고 가장 중요한 것은, 당신의 마음과 직관을 따라가는 용기를 가지라는 것입니다.

당신이 진정으로 되고자 하는 것이 무엇인지 마음은 이미 알고 있을 것입니다.

다른 모든 것들은 부차적인 것들입니다. 늘 갈망하고 우직하게 나아가십시오."

하루 10%의 시간을 나의 편으로 만들기 위해 몇 가지 방법을 제시해 본다.

첫째, 하루 중 10%를 떼어놓고, 알맹이 있는 자신의 시간으로 채운다.

중요한 일을 먼저 하고, 필요 없는 것은 과감히 버릴 줄 알아야 한다.

어떤 일이 있더라도, 10%의 시간은 알차게 보낼 각오를 해야 한다.

둘째, 자신이 진정으로 하고 싶은 것이 무엇인지 살펴보고 찾아낸다.

자신이 좋아하고, 즐거워하는 일과 공부를 해야 시간 투자를 잘할 수 있다.

예를 들어, 요리를 잘한다면 쿠킹 클래스를 열기 위한 공부나 준비하는 시간을 보낼 수 있고, 작가가 되고 싶다면 독서나 글쓰기 등에 시간을 보낼 수 있다..

셋째, 10%의 시간을 통째로 내기 힘들다면, 자투리 시간을 잘 사용하는 것도 방법이다.

예를 들어, 운동을 좋아해서 요가 지도자 강사가 되고 싶다면, 자투리 시간 20분씩만 이용하여 운동한다면, 1년이면 7300분이 된다.

아이가 어리거나, 워킹맘들에게는 자투리 시간 20분씩을 모아 10%의 시간을 자신에게 투자하는 것도 방법이다.

피터 드러커는 "당신이 아무것도 가진 게 없다면, 당신에게 주어진 시간을 활용하라, 거기에 황금 같은 기회가 있다"라고 했다.

넷째, 영양가 없는 약속은 과감히 거절한다.

물론 우리는 사회적 동물이기 때문에 약속에서 자유로울 수는 없지만, 쓸데없는 약속대신 자신을 위해 시간을 보낼 줄 알아야 한다.

다섯째, 스케줄 수첩을 사용해본다.

자신의 시간을 어디에 어떻게 보내고 있는지 눈으로 확인할 수 있다.

시간을 눈으로 직접 확인함으로써 효율적으로 시간을 투자할 수 있다.

여섯째, 10%의 시간은 변화를 위해 준비를 하자.

언제까지나 직장생활을 할 수도 없고, 도돌이표처럼 반복된 일상에 지치지 않기 위해서는 10%의 시간은 새로운 변화를 위한 준비를 해야만 한다.

준비된 자가 기회를 만나는 것이고, 스스로 변화하기 위해 자신만의 시간 투자는 필수다.

일곱째, 스마트 폰과 텔레비전을 멀리하자.

10%의 자신을 위한 시간을 보낼 때는 스마트 폰과 텔레비전의 유혹을 물리칠 수 있어야 한다.

모든 전원을 끄고, 책상 앞에 앉는 습관이 되어야 한다.

여덟째, 꿈 일기를 적는다.

자신이 이루고자 하는 목표나 꿈을 현재 시제로 적어본다.

꿈을 상세히 기억하게 될 뿐 아니라, 자신의 꿈을 이루기 위해서 절실함과 열정을 느낄 수 있다.

10

하루를 여유롭게 보내고 싶으면
시간 관리가 먼저다

시간관리를 잘하는 사람은 어떤 사람일까?

1년 365일, 하루 24시간이라는 제한된 시간을 발전적인 곳에 투자하며 삶에 여유가 있는 사람이다.

즉, 하루의 시간을 쪼개어 자신의 목표를 향해 계획대로 사는 습관이 몸에 밴 사람이다.

피터 드러커는 시간관리에 대해 이렇게 말했다.

목표를 달성하는 사람은 무엇보다 시간 관리에 집중한다. 왜 그럴까?

시간이야말로 보편적인 조건이다.

모든 일은 시간 속에서 일어나고 시간을 소모한다.

시간은 한정된 요소다.

'목표를 달성하는 사람과 그렇지 않는 사람을 구분하는 것이 시간

관리' 라고 했다.

주위를 보면 시간 관리 잘하는 사람들은 하루를 일찍 시작하고, 부지런하다.

또한, 시간 관리를 잘하기에 자기 관리도 철저하며, 늘 긍정적인 사고방식으로 살아간다.

반면, 시간 관리가 안 되는 사람들의 공통점은 늘 바쁘다는 말과 게으르며 자신의 상황을 원망하며 부정적으로 생각한다.

시간 관리를 통해 자신이 계획대로 살아가는 프로인지, 남의 시간에 끌려 다니는 아마추어인지 살펴보자.

어느 날, 신학기에 학부모 모임에 참석했다.

신랑이 군인이다 보니 전학을 자주 다니는 아이들을 위해서였다.

학부모 모임에 가서 아이의 이름이라도 알려줘야겠다는 생각을 했다.

전학 온 아이가 왕따 당하지 않고 잘 적응하기를 바라는 마음에서였다.

그렇게 전학 온 우리 아이를 대신해서 모임에 참석한 순간, 놀라움을 금치 못했다.

아이들의 운동모임과 영어 과외 모임을 만들기 위해 엄마들이 적극적으로 나섰고, 아이의 친구도 엄마가 만들어 주었다.

아이는 믿는 만큼 자란다고 했는데,, 엄마의 욕심이 아이의 모든 걸 빼앗아 가고 있었다.

아이의 인생을 엄마가 대신 살아줄 수는 없다.

남의 시간에 끌려 다니며 어느 카페에 앉아, 아이들의 일과를 계획하고 있을 아마추어의 엄마가 되지 않아야 한다.

건설적인 대화와 긍정적인 대화가 아닌, 쓸데없는 잡담과 수다는 결코 우리 성장에 이롭지 않다.

누군가가 어떤 사람인지 알고 싶다면 그 사람이 무엇을 하며 하루를 보내는지 살펴보면 된다.

하루 종일 남의 시간에 끌려 다니며, 시간을 낭비하고, 불만 불평으로 하루를 보낸다면 그 사람은 가급적 멀리하는 게 좋다.

반대로 자신의 목표가 있고, 시간을 효율적으로 사용하며, 긍정적인 사람을 곁에 두어야 한다.

공병호씨는 "우리가 지상에 머무는 시간은 제한되어 있습니다. 누구에게나 똑같이 주어지는 시간을 어떻게 쓸 것인가는 우리의 책임입니다. 그 시간을 어떻게 사용할 것인가는, 전적으로 자신에게 달렸죠."

시간관리의 달인인 그가 1년 동안 해내는 일은 놀랍다.

1년에 다섯 권의 책을 쓰고, 300~400건의 원고를 기고하고, 200

~300회의 강연을 혼자 소화해낸다. 여기에 블로그, 홈페이지, 트위터까지 직접 운영할 정도다.

1분 1초까지 똑똑하게 사용하기 때문이다.

자리에 누울 때는 다음 날 일정을 미리 머릿속으로 그려본다.

"아침이 되면 허겁지겁 하루를 시작하기 쉽죠.

하지만 전날 머릿속에 미리 정리해두면 무의식 세계에 새겨집니다.

일요일 저녁이 되면 한 주는 무엇을 해야 하는지 플래닝하는 것이 굉장히 중요합니다.

이렇듯 성공적인 삶을 사는 사람들의 시간 관리를 보면, 제한된 시간을 효율적으로 쪼개어 쓰는 것을 볼 수 있다.

마리오 푸조는 잡지사에서 일하면서도 틈틈이 시간을 내 그 유명한 영화 〈대부〉의 원작 소설을 썼고, 스콧트로는 전철로 출퇴근하면서 베스트셀러 소설을 쓰기도 했다

하루를 관리하기 위해서는 시간 관리를 먼저 해야 하는 이유는 다음과 같다.

첫째로, 시간을 관리함으로써 스트레스를 해소할 수 있다.

특히나 워킹맘들은 시간 빈곤에 허덕이는데 시간을 관리하지 않고 쓰다 보면 스트레스에 허덕이게 된다.

둘째로, 시간을 관리함으로써 일의 생산성을 높일 수 있다.

오늘 하루에 끝내야 할 일도 집중해서 시간을 분배한다면 시간을 절약할 수 있게 된다.

셋째, 시간을 관리함으로써 자신의 목표달성에 도달할 수 있다.

시간의 주도권을 내가 가짐으로써 자신의 목표를 향해 나갈 수 있다.

넷째, 시간을 관리함으로써 삶을 풍요롭게 가꿀 수 있다.

바쁘다며 허덕이는 삶보단 여유롭고 행복하게 살기 위해서 시간의 주인이 되어야 한다.

시간 관리를 잘하는 방법을 제시해본다.

첫째, 자기 시간에 대한 통제권을 가져라.

자신의 스케줄을 미리 공지함으로써 다른 사람이 침범하지 않도록 해야 한다.

스케줄로 일단 방어막이 형성되면 무리하게 시간을 빼앗은 요청이 줄어들 뿐 아니라 시간의 주도권을 유지할 수 있다.

둘째, 멀티태스킹을 하지 말아라.

사람의 뇌는 한 가지 작업을 하고 있을 때 또 다른 작업을 하기 위한 공간이 거의 남아 있지 않다고 한다. 그뿐 아니라 작업을 전환하는 과정에서 생산성도 떨어진다.

한 가지 일을 집중해서 하자. 그리고 다음 일로 넘어가자.

셋째, 현실적인 작업 시간과 자신이 가진 시간을 정확하게 예상한

다.

실제 소요되는 시간과 자신이 세운 시간 등을 기록해보고, 오차 발생을 가급적 줄인다.

넷째, 우선순위가 높은 일은 집중적으로 시간을 투자한다.

자신만의 황금시간대에 우선순위가 높은 일을 먼저 한다.

큰 돌부터 채우고 남은 돌을 채우듯 시간도 그렇게 활용해야 한다.

다섯째, 시간 쓰레기 종량제가 필요하다.

쓰레기통에 버리는 시간을 줄여서 자기 계발과 자아실현에 더 많은 시간을 투자해야 한다.

그러기 위해서는 미루는 습관이나, 우유부단한 태도 또는 흘러 버리는 시간을 담을 줄 알아야 한다.

여섯째, 시간 관리에도 긍정적인 사고가 도움이 된다.

긍정적인 사고는 작업의 효율도 올라가고 무엇보다, 즐겁게 생활하도록 도와준다.

긍정적인 사고는 뇌의 움직임을 강화하고, 몸 전체의 면역력을 높이는 베타 엔돌핀과 같은 호르몬의 분비를 촉진하여 좋은 영향을 준다.

따라서 평소 긍정적인 태도로 생활하는 것도 중요하다.

일곱째, 하루의 계획을 스케줄 수첩에 적는다.

시간 관리를 잘하기 위해서는 스케줄 수첩에 하루의 계획을 세워야 한다.

위대한 경영학의 구루 피터 드러커는 성공의 왕도는 쓸데없는 일에 시간을 낭비하지 않는 것이라고 말했다.

사람들은 자신이 얼마나 쓸데없는 일에 시간을 낭비하고 있는지 잘 알지 못한다.

여덟째, 한계선 정하기.

한계선 정하기란 내가 가능한 선까지만 수용하면서 거절하는 것이다.

예를 들어, 한 시간 뒤에 다른 일이 있어서 가봐야 해요. 한 시간 정도 여유가 있는데 괜찮으세요? 라고 수용 가능한 만큼만 허락하는 것이다.

아홉 번째, 시간을 조직적으로 사용하는 습관을 갖는다.

여행 가방을 꾸릴 때, 옷가지를 잘 접어서 차곡차곡 넣어야 많이 집어넣을 수 있듯이 시간도 조직적으로, 체계적으로 사용할 줄 알아야 한다.

예를 들어, 새벽 시간, 저녁 시간, 밤 등의 계획을 조직적으로 세워서 실천한다.

(고 강석규 박사 어느 95세 어른의 수기 중)

−어느 95세 할아버지의 회고−

나는 젊었을 때 정말 열심히 일했습니다.

그 결과 나는 실력을 인정받았고 존경받았습니다.

그 덕에 65세 때 당당한 은퇴할 수 있었죠

그런 내가 30년 후인 95살 생일 때

얼마나 후회의 눈물을 흘렸는지 모릅니다.

내 65년의 생애는 자랑스럽고 떳떳했지만,

이후 30년의 삶은 부끄럽고 후회되고 비통한 삶이었습니다.

나는 퇴직 후 이제 다 살았다.

남은 인생은 그냥 덤이라는 생각으로 그저 고통 없이 죽기만을 기다렸습니다.

덧없고 희망이 없는 삶

그런 삶을 무려 30년이나 살았습니다.

30년의 세월은

지금 내 나이 95세로 보면

3분의 1에 해당하는 기나긴 시간입니다.

만일 내가 퇴직할 때
앞으로 30년을 더 살 수 있다고 생각했다면
난 정말 그렇게 살지는 않았을 것입니다.

그때 나 스스로가 늙었다고,
뭔가를 시작하기엔 늦었다고
생각했던 것이 큰 잘못이었습니다.

나는 지금 95살이지만 정신이 또렷합니다.
앞으로 10년, 20년을 더 살지 모릅니다.

이제 나는 하고 싶었던 어학 공부를 시작하려 합니다.
그 이유는 단 한 가지 10년 후 맞이하게 될 105번째 생일날
95살 때 왜 아무것도 시작하지 않았는지 후회하지 않기 위해서입니
다.

11

시간 가계부 작성으로 시간 도둑을 잡아라

정보사회학자 앨빈 토플러는 정보사회가 성숙하면 세상은 '빠른 자'와 '느린 자'로 나뉜다고 십수 년 전에 예언했다.

빌 게이츠의 저서 '생각의 속도'(원제 Business @ The Speed of Thought)는 "21세기는 속도의 시대"라고 잘라 말한다. 공병호 박사에 따르면 '빠른 자'는 시간관리를 잘하는 사람이라고 말하며, 사람들이 저마다 추구하는 행복, 건강, 부, 권력, 명성 등은 효율적인 시간 관리를 통해서 얻을 수 있다는 것이다.

그는 대부분의 사람이 '시간 낭비 족'이라고 단언하면서 "아직도 출근 시간에 쫓기고 있는가?

러시아워를 피해 30분만 일찍 출근해도 훨씬 여유 있는 하루를 시작할 수 있다는 건 누구나 아는 사실이다.

아직도 시간을 길거리에 낭비하고 있다면 한 번쯤 자신의 시간을 잘 살펴봐야 한다.

시간을 어디에, 어떻게 사용하고 있는지? 얼마만큼의 시간을 사용했는지 살펴보기 위해 시간 가계부를 작성해 보자

시간 가계부를 작성하면 좋은 장점은 첫째, 시간의 중요성을 알고, 자신이 보낸 시간들을 한눈에 볼 수 있다.

좋은 습관이나, 일들은 의식적으로 시간을 내서 하고, 좋지 않는 습관이나 낭비되는 시간을 파악할 수 있다.

즉, 효율적으로 시간을 사용함으로써, 내 인생의 시간 분배 계획표가 되는 것이다.

둘째, 자신의 시간 관리를 도와주는 코치이자, 객관적인 자료가 된다.

우선순위에 따라 시간을 사용할 수 있도록 도와주고, 중요한 곳에 생산적으로 시간을 투자할 수 있도록 해준다.

즉, 시간을 쓰면 사라져 버리는 소비의 개념의 시간을 파악할 수 있고, 자신의 발전을 위한 시간을 투자할 수 있도록 해준다.

〈타임 에셋〉의 저자 혼다 나오유키도 시간 관리를 돈을 투자하는 개념에 빗대어 설명했다.

시간을 낭비하는 사람은 수입도 늘지 않고, 자기 시간도 가질 수 없다.

반대로 시간을 투자하는 사람은 직업적으로 큰 성과를 올릴 뿐 아니라, 불로소득처럼 생긴 시간으로 여행도 가고 가족과 보내면서 여유 있는 생활을 할 수 있다.

시간 가계부를 작성하는 방법은 하루를 10분 혹은, 15분 단위로 쪼개서 무슨 일을 했는지 기록하는 것이다.

한 주 동안 일어나는 크고 작은 모든 일을 기록해야 한다.

아침에 일어나 목욕한 시간, 핸드폰 보는 시간, 독서한 시간, 전화한 시간, 아이와 놀아준 시간, 잠을 잔 시간까지도 말이다.

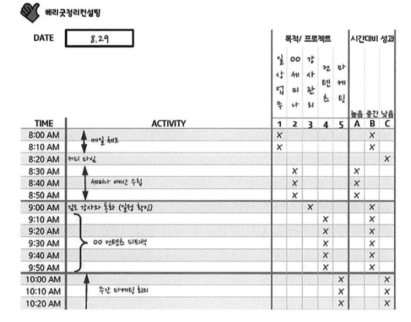

시간가계부 Time log

베리굿정리컨설팅

DATE 　8.29

TIME	ACTIVITY	일상 업무 1	OO 세미나 2	강사 관리 3	컨텐츠 4	마케팅 5	높음 A	중간 B	낮음 C
8:00 AM	메일 체크	X						X	
8:10 AM		X						X	
8:20 AM	커피 타임								X
8:30 AM			X				X		
8:40 AM	세미나 예산 수립		X				X		
8:50 AM			X				X		
9:00 AM	김○ 강사와 통화 (일정 확인)			X				X	
9:10 AM					X			X	
9:20 AM					X			X	
9:30 AM	OO 컨텐츠 디테일				X			X	
9:40 AM					X			X	
9:50 AM					X			X	
10:00 AM	주간 마케팅 회의					X			X
10:10 AM						X			X
10:20 AM						X			X

〈시간 가계부 작성법〉

1. 위 그림과 같이 네 개의 열로 구성된 간단한 테이블을 만든다. 첫

번째 열에는 10분 또는 15분 간격으로 시간을 표시한다. 두 번째 열에 어떤 일을 했는지 기록한다. 세번째 열에는 일의 목적이나 어떤 프로 젝트인지 쓴다. 네 번째 열에는 목표 대비 결과를 평가한다.

2. 힘든 작업이 되겠지만 이렇게 항목별로 상세하게 기록하는 것은 시간을 낭비 했는지, 효과적으로 사용했는지를 판단하는 핵심이 된 다.

그러므로 1주일간만(2주일이면 더 좋다) 어딜 가든 시간 가계부를 갖고 다니면서, 크고 작은 모든 활동을 기록해 보자.

3. 아침에 일어나 목욕하는 시간, 이동하는 시간, 자녀의 숙제를 도 와주는 시간, 전화하는 시간, 카페에서 잡담하는 시간, 인터넷 하는 시간, 잠자는 시간까지 모두 적는다.

* 시간가계부 양식 (1) 24시간 10분 단위 기록
* 시간가계부 양식 (2) 11시간 15분 단위 기록
* 주의 : 10~15분마다 하던 일을 중단하고 기록할 필요는 없다. 한 번만 기록하고 화살표나 물결 표시를 하면 된다. 만약 2시간 동안 운 전을 해야 한다면 10분짜리 칸을 12개채우고, '이동' 이라고 적으면 된 다. 정밀하게 할 필요도 없다. 고객과 7분간 통화를 했다면 10분으로 기록해도 된다.

출처 : SocialLG전자?http://social.lge.co.kr/view/opinions/arrange_02/

시간 가계부를 작성하여, 자신의 시간이 어디로 흘러가는지 분석한다면, 지금보다 훨씬 여유로운 하루가 될 것이다.

시간 관리를 잘하고 싶은가? 그렇다면 시간 가계부를 작성하여, 시간도둑을 잡아보자.

시간은 저장되지 않는다. 어제의 시간은 영원히 사라지고 다시는 돌아오지 못한다. 시간은 언제나 항상 부족하다. 그러므로 시간이란 대단히 소중한 것이다."(피터 드러커의 자기경영 노트에서)

아직 하지 못한 일에
지나치게 신경을 쓴 나머지
오늘의 삶을 놓치고,
사랑을 놓치고,
지금 이 순간을 놓친다.

CHAPTER

03

시간 관리는 곧 자기 관리다

"

지금 고민하고 좌절하고
실패하는 시간은 더 큰 성공으로 가는
도화선이다, 자신을 믿어라.
그리고 끝까지 가라.

"

01

나는 돈보다 시간을 선택했다

자기 관리를 잘하는 사람은 어떤 사람일까?

요즘은 날씬하고 예쁘면 자기관리 잘했다며 부러워한다.

자신의 외모에 신경을 쓰는 것도 자기관리가 될 수는 있지만, 이것보다 더 중요한 것은 목표를 위해 노력하는 사람이다.

주위를 둘러보면 자기관리를 잘하는 사람들은 대체로 계획적이다.

내가 생각하는 자기관리 잘하는 사람은 자신의 목표를 위해 하루를 남들 보다 일찍 시작하며, 자신을 위해 시간을 투자하는 습관, 그리고 시간을 낭비하지 않는 습관을 가진 사람들이다.

성공한 사람들은 내일 죽을 것처럼 준비하고, 1초라도 헛되이 보내지 않기 위한 삶을 산다고 한다.

땀을 흘리지 않고 얻는 행운을 기대하지 않고, 자신의 꿈을 향해 시간을 투자한다는 것이다.

그들이 직업을 선택할 때 돈보다 자신의 꿈을 펼칠 수 있는 곳을 중요시했다.

예일대의 스톤리 블로트닉 연구소는 1965년부터 20년 동안 예일대와 하버드생 학생 1500명의 졸업 후 생활을 파악했다.

조사 결과 우선 직업 선택에 있어서 전체 1500명 가운데 83%에 해당하는 1245명은 자신의 목표와 관련된 일보다는 돈을 많이 벌 수 있는 일을 직업으로 선택했다.

나머지 17%(255명)는 보수는 적더라도, 자신의 꿈과 관련된 일, 좋아하는 일, 시간에 여유가 있는 일등을 업으로 삼았다.

그러나 20년 후 연구 대상 학생들이 재산을 얼마나 모았는지 파악하니 놀라운 결과가 나왔다.

전체 1500명 가운데 이른바 백만장자 반열에 오른 사람은 101명 이었다. 그런데 이 중 돈벌이를 기준으로 직업을 골랐던 사람은 단 한명 뿐이었다.

나머지 100명은 돈보다 자기의 목표와 관련된 일, 시간을 선택한 일을 택했던 사람들이었다.

무조건 돈을 많이 번다고 해서, 백만장자가 된다는 보장은 희박하다는 결과이다.

마음의 여유와 삶의 질을 높이면서, 자신의 목표와 꿈을 향해 꾸준히 노력한 자만이 백만장자의 대열에 올라선다는 것이다.

돈보다 중요한 것은 자신의 목표를 향해 시간을 투자하는 것이다.

그러다보면 자연스럽게 성공은 보장될 것이고, 돈은 뒤 따라 온다는 사실이다.

3D업종으로서 알려진 간호사라는 직업은 하루하루가 전쟁이다.

나이팅 게일의 선서를 하며, 봉사와 사랑의 마음으로 간호사의 길에 들어섰지만 현실은 시간 부족에 쫓기고, 피곤함에 찌든 생활이었다.

만약, 돈을 좇았다면 지금의 나는 3교대를 하며 하루 종일 직장에 매여서 집과 직장을 오가는 생활의 반복이었을 것이다.

나에게 가장 중요한 것은 가족이었고, 제2의 인생인 작가, 강연가, 그리고 대한민국 아줌마들의 희망 메신저라는 목표가 생겼다.

마음의 여유 없이 직장에 매여 돈만 좇았다면 나의 제2의 인생 목표는 없었을 것이다.

어쩌면 바쁘다. 힘들다는 말만 되풀이하며 현실에 안주하는 삶을 살고 있었을 것이다.

바쁘다 (忙)라는 말의 한자를 풀어보면 마음(心)을 잃어버린다(亡)라는 뜻이다.

마음의 여유를 잃어버리면 좋은 결과물을 얻을 수 없다.

중요한 것은 하루, 한 달, 일 년을 돈에 매여 바쁘게만 살 것이 아니라, 내 인생을 어떻게, 무엇으로 채울지 살펴보라는 것이다.

최근 성격과 사회 심리학회에 발표된 4,600명 이상을 연구한 결과에 의하면 돈보다 시간을 중시하는 사람들이, 시간보다 돈을 중시하는 사람들에 비해 더 행복한 경향이 있었다.

미국 직장인 64%는 '돈보다는 시간이 더 좋다'고 선택했다. 선택권이 있다면 돈과 시간 중 어느 쪽을 택하겠냐는 질문에 미국 직장인 3명 중 2명꼴로 선택한 결론이다. '해리스 폴'의 전국 여론조사 결과에 따르면 돈보다는 시간을 택하겠다는 응답자가 64%에 달한 반면 돈을 선택한 근로자는 34%에 그친 것으로 집계됐다. 근무시간이 늘어나 돈을 더 받는 것보다는 돈을 못 받아도 여가시간을 충분히 갖고, 자신이 하고자 하는 분야에 시간을 투자하는 것이 더 낫다는 결론이다.

동료 중 한 명은 시어머니의 도움으로 대학 병원 3교대로 다시 복직할 수 있었다.

시어머니의 역할은 아이들 등·하원, 집안 살림, 반찬까지 모든 일을 도맡아 해주었다.

동료가 직장에서 최선을 다할 수 있도록 시어머니가 든든한 역할을 해준 것이다.

그러나 그 동료는 얼굴의 표정이 늘 어두웠고, 생활에 활력이 없어 보였다.

한번은 퇴근 후 차 한잔을 하면서 그간의 마음을 엿볼 수 있었다.

3교대를 하면서 남들보다 2배 가까이 돈은 벌 수 있었지만, 자신은 집에 가면 잠자고, 다시 일어나서 출근하는 반복적인 삶에 힘들어 했다.

목표 없이 돈을 좇아서 사는 일상에 행복하지도 않고, 마음의 여유도 잃어버린 거 같다는 것이다.

또한, 아이들도 엄마보단 할머니를 더 찾았고, 아이들과 대화를 나눠 본지가 언제인지, 엄마는 늘 바쁜 엄마라고 인식하고 있다고 했다.

선배들은 육아에 집안일 까지 해주는 시어머니가 계시는데, 뭐가 불만이냐며 오히려 자신을 이상한 사람 취급한단다.

목표 없는 하루하루는 돈만 보고 월급날을 기다리는 꼴이며, 미래를 준비 없이 맞이하는 것이다.

정작 주위 동료들은 그녀를 부러워했지만, 본인 스스로의 삶은 만족스럽지 못했다.

자신의 목표를 위해 시간을 보내기보단, 돈을 좇아 직장에 얽매여 있기 때문이 아닐까?

여성의 경우, 높은 연봉보다는 생활의 균형을 이룰 수 있는 근무 환경에 더 큰 매력을 느끼는 연구 결과가 있다.

돈을 좇아가는 삶보다, 생활의 질에 더 큰 비중을 두는 삶의 가치관의 변화인걸로 보여 진다.

미국 노동통계국(BLS)에 따르면 2천500만 명 이상이 미국 내 파트타임 일자리에 종사하고 있다.

파트타임 전문직 분야도 정보기술(IT) 업종에서 그래픽 디자인, 엔지니어링, 법률, 금융 업종까지 다양하며 근무시간은 적게는 일일 4시간에서 30시간까지 이다.

또 개성이 강한 이른바 'Y 세대'도 파트타임 일자리의 주 수요층이다

그들은 베이비붐 세대에 비하면 개인적인 시간에 훨씬 많은 가치를 부여하고 있다.

지난해 대학을 졸업한 후 시카고의 웹디자인 회사에서 파트타임으로 일하는 마틴 심스 씨는 "돈 보다 자유로운 근무시간이 더 필요하다"면서 "풀타임 일자리를 가진 친구들 대부분이 나보다 행복한 상황이 아니다"고 말했다.

짧은 근무 시간을 통해, 일과 가정의 균형을 이룰 수 있고, 노후의 인생목표를 준비할 여유가 있다는 것이다.

우리가 살면서 돈 보다 소중한 시간을 선택할 수 있는 방법을 제시해 본다.

첫째, 돈보다 시간을 빌려주는 것을 쉽게 생각하지 말자.

프랑스의 사상가 몽테뉴는 이렇게 말했다.

누가 당신에게 돈을 빌려 달라면 당신은 주저할 것이다.

그런데 어디 놀러 가자고 하면 당신은 흔쾌히 승낙할 것이다.

사람은 돈보다 시간을 빌려주는 것은 쉽게 생각한다.

만일 사람들이 돈을 아끼듯 시간을 아끼면 그 사람은 분명 성공할 것이다.

둘째, 시간을 낭비하지 말아라.

인생을 구성하는 재료는 시간이다.

하루하루 주어진 시간의 재료를 잘 활용하고 관리해야 한다.

시간 가계부를 작성하여, 시간이 무한하게 있다는 착각을 하지 않도록 한다.

셋째, 시간을 자기 삶을 창조하는 데 써라.

우리의 시간을 다른 사람에게 쓰지 말고 자기 자신의 삶을 창조하는데 쓰자.

시간은 소비가 아니라 자신을 위한 투자라고 생각해야 한다.

넷째, 목표와 방향을 생각하며 실천하자.

생각 없이, 직장에 매여서, 또는 빈둥거리며 하루를 보낸다면, 생각

없는 인생을 살게 된다.

인생의 목표와 방향이 뚜렷한 사람은, 자신의 시간을 잘 보내게 된다.

다섯째, 긍정적인 생각을 하고, 밝은 미소로 하루를 시작한다.

지치지 않는 에너지를 가진 사람들은 생각이 긍정적이며, 자신의 시간을 조직적으로 사용할 줄 안다.

반면, 부정적이거나 돈을 생각하는 사람은 변치 않는 조직 구조를 비판하고, 자신의 시간을 남에게 소비하며 하루를 보낸다.

여섯째, 쓸데없는 생각과 무의미한 일들로 시간을 보내지 말자.

워킹맘들은 집에서는 직장 걱정으로 잠 못 이루고, 직장에서는 아이들 걱정으로 하루를 보내는 경우가 있다.

행여나 잘릴까 봐 불안해하고, 근심걱정으로 아이들을 믿지 못한다면, 워킹맘의 길을 포기하는 것이 더 낫다.

걱정이 많은 사람들은 다른 사람들에 비해 뇌의 영역 중 대상회가 과도하게 활동한다고 한다.

하루의 기회비용은 우리가 생각하는 것보다 훨씬 더 크기 때문에, 그 시간에 쓸데없는 생각과 걱정으로 방해 받는다면, 시간을 효율적으로 보낼 수 없다.

일곱째, 단호하게 NO라고 말하자.

꼭 하지 않아도 되는 일은 단호하게 거절해야 한다.

어영부영 끌려 다니면 시간을 남을 위해 쓰게 되기 때문이다.

마크 포스터는 시간관리를 잘하는 사람은 단호하기 때문에 우리의 삶에서 가장 많은 스트레스를 야기하는 요인, 즉 미루는 습관의 제물이 되지 않는다고 했다.

여덟째, 돈보다 보람 있는 일(봉사나 재능 기부 등)**에 시간을 보내보자.**

연구를 이끈 애슐리 윌랜스(Ashley Whillans) 교수는 "돈을 조금 포기한다 해도 시간을 원하는 곳에 자유롭게 쓰는 것은 각자의 행복에 결국 더 큰 이득이 될 것"이라고 설명했다.

시간을 돈보다 중요하게 여기는 사람들은 더 적은 시간을 일하는 직업을 선호하며, 자선 단체에서 봉사 활동을 하는 시간을 통해 행복감을 느낀다는 것이다.

02

워킹맘의 시간 관리 방법

워킹맘은 몸이 열 개라도 모자랄 정도로 하루가 정말 바쁘다.

K씨는 곤히 잠든 아이를 뒤로 한 채 발뒤꿈치를 들고 현관문을 빠져나오는 순간 아이가 애타게 엄마를 찾는다.

벌써 5년째 반복되는 일상이다 보니 아침 시간은 그야말로 전쟁터이다.

맘 약해져 뒤돌아보면 헤어지는 게 더 어렵다는 걸 알기에 과감하게 아이의 울음을 듣고도 당당히 엘리베이터에 몸을 실어야만 했다.

조금이라도 늦으면 지하철에서의 전쟁은 고사하고, 지각하는 날에는 그날 하루가 뒤통수가 따갑기 때문이다.

워킹맘이라고 이해해 주는 직장 분위기가 아니다 보니, 어려움이 많다.

K씨는 직장에서도 맘을 털어놓을 수 있는 사람도 없다 보니, 상사의 쓴소리를 듣는 날에는 더욱더 힘들다.

K씨에 따르면 워킹맘들은 "아이가 아파도 내 탓, 아이가 공부를 못해도 내 탓, 집안 살림 못해도 내 탓"이라며 울분을 토했다.

스스로 자신은 잘 버텨왔다고, 조금만 더 버텨보자며, 오늘도 이 악물고 견디는 중이다.

이렇듯 대한민국의 워킹맘들의 하루하루는 결코 녹록할 수 없는 게 현실이다.

초등학교 5학년 아들, 4학년 딸, 6살 아들, 세 아이를 둔 나는 워킹맘이다.

새벽 6시 20분 출근이다 보니, 새벽 일찍 일어나는 게 습관이 돼 버렸다.

새벽시간 1시간을 잘 활용하여 독서도 하고, 책도 쓰며, 자기계발도 할 수 있었다.

아이들 밥과 반찬까지 준비해 놓고 6시가 조금 넘으면 출근한다.

출근 준비는 고작 5분 정도로, 양치질과 세수, 기본 화장품만 바르고, 옷을 입고 나간다.

엘리베이터 안에서 거울을 보며 머리를 묶고, 립스틱을 바르면 준비 끝이다.

신발도 가장 편한 단화나 운동화를 선호하며 옷은 제복을 입기 때문에 편한 스타일로 다닌다.

물론, 결혼하기 전에는 이러지 않았다.

한 시간 정도 화장을 하고, 이쁜 원피스에 구두를 신고, 가방도 명품 한 개 정도는 들어줘야 한다는 생각을 했다.

하지만 결혼과 동시에 워킹맘이 되면서부터는 자신을 꾸밀 수 있는 여유가 없기도 했지만, 외모보다 이제는 내면을 위해 시간을 보내는 게 더 중요하다고 생각하게 되었다.

예를 들어 화장하는 시간에 좋은 문장 한 구절을 필사해본다거나, 뾰족구두 대신 운동화를 신고 걷는 운동을 하는 것도 좋다.

그렇다고 외모를 소홀히 하라는 소리는 아니고, 과하게 시간을 투자하지는 말자는 뜻이다.

그리고, 조금이라도 남는 시간에는 아이에게 손편지를 적거나, 아이에게 응원의 메시지를 남긴다.

나의 일과는 8시간을 직장에서 보내고 오후 4시가 되면 다시 제2의 직장인 집으로 출근한다.

새벽 시간의 직업을 선택한 이유는 아이들이 학교 가거나 유치원에 있는 동안 엄마도 일을 할 수 있기 때문이었다.

오자마자 집중적으로 30분 정도는 집안일을 한다.

사실 집안일은 누구나 하기 싫은 일 중 하나이고, 게으름을 피우기

딱 이다.

그래서 나의 경우에는 집중적으로 끝내기 위해 타이머를 20분 맞춰 놓고 시작한다.

주로 하기 싫은 일을 타이머를 이용하다 보면 째깍거리는 소리에 몸은 벌써 움직여지고, 빨리 끝낼 수 있는 방법이 된다.

20분 동안 청소하고, 빨래 개고, 저녁 반찬 재료까지 손질해 놓는다.

청소에 시간이 많이 소비되면 육체적으로 힘들고 지치게 되기 때문에, 침실이나 더러운 곳 위주로 한다.

청소를 하는데 걸리는 시간은 1시간인데, 어질러지는 시간은 훨씬 더 짧은 5분이라는 걸 경험으로 알기 때문이다.

〈10초 아침 청소습관〉이라는 책을 보면, 10초 동안 창문 열기, 물건 버리기, 털기 쓸기 닦기 등 각 행동은 모두 10초를 넘기진 않는다고 한다.

집중적으로 시간을 쓰다 보면, 무슨 일이든 짧은 시간에 다 할 수 있다는 것이다.

나 역시 워킹맘이지만, 집중적으로 시간을 활용하다 보니 남들보다 3~4가지 일은 거뜬히 해낼수 있다.

같은 유치원에 보내는 동네 엄마는, 아이와 같이 유치원에서 집에 돌아오는 나를 보면서 언제 일하고 왔냐며 의아해한다.

똑같은 하루가 주어졌지만, 자신은 아침에 아이 보내고 집안일 하고, 드라마 한편보고, 점심 먹고 나면 벌써 오후 4시라는 것이다.

그에 비해 나는 새벽부터 독서하고, 출근해서 일했고, 퇴근 후 집안일에 저녁준비까지 마친 상태이기 때문이다.

24시간이 주어졌지만, 하루의 시간을 어떻게 보냈느냐에 따라 훗날, 능력 있는 커리우먼이 될 것인가, 아줌마가 될 것인가? 는 자신의 선택이다.

일만 하는 월급쟁이가 아닌, 자신의 목표를 향해 시간을 쓰는 워킹맘이길 바라는 바이다.

또한, 집에서 어영부영 시간을 소비하는 아줌마에서 내 인생의 발전을 위해 시간을 투자하는 사람이 되어야만 한다.

내 인생을 반전시키고 싶은가? 아줌마에서 탈피하고 싶은가?

그러면 지금 당장 나를 위해 시간을 투자해 보자.

워킹맘으로 시간 관리를 잘하기 위해서 몇 가지 방법을 제시해 본다.

첫째, 지금 순간에 집중하자.

일할 때는 일에 전념하고, 집에 있을 때는 아이에게 최선을 다하면 된다.

집에서 회사일 걱정하고, 직장에서 아이 걱정하면 이것도 저것도 못 한다.

또한 일어나지 않는 일에 대해서도 미리 생각하지 말자.

잡코리아가 올해 대학생과 직장인 915명을 대상으로 한 설문조사 결과에 따르면 전체 응답자의 70.4%가 '아무것도 하지 않고 있으면 불안함을 느낀다'고 답했다.

대학생들은 취업 걱정, 워킹맘들은 아이 걱정, 중년층은 노후 걱정, 끝이 없다.

지금 이 순간에 집중하자.

둘째, 우선순위를 잘 구분해서 처리하자.

무슨 일이든 중요한 우선순위가 있다.

중요하지 않는 집안일보단, 아이들과 대화나 포옹이 1순위라는 사실이다.

셋째, 자신만의 시간을 갖자.

일과 육아라는 마라톤에서 승리하기 위해서는 자신을 돌보는 시간을 가져야 한다.

그러는 동안 에너지 보충도 되고 일과 가정에 더 잘할 수 있다.

넷째, 할 일을 나눠라.

집안일은 현명하게 남편과 나눠라.

직장 일 하랴, 아이들 챙기랴, 바쁜 와중에서도 남편의 와이셔츠를 매일 다리고 있지는 않은가, 내가 아니면 안 된다는 생각을 버려야 한다.

나중에 힘들 때 도움을 청하겠다는 어리석은 생각은 버려야 한다.

다섯째, 시간 패턴을 기록하자.

일주일 정도 자신의 생활 패턴을 꼼꼼히 기록해 보면 자투리 시간, 낭비하는 시간 등을 한눈에 볼 수 있다.

피터 드러커에 따르면 시간 관리를 위한 첫 번째는 '시간을 기록하는 것'이라고 했다.

드러커는 기억력이 좋다고 자랑하는 지식노동자들에게 그들이 자신의 시간을 어떻게 사용하는지 물어봤다.

그리고 실제로 사용한 시간을 몇 주일 또는 몇 달 동안 기록해두라고 요청했다.

그런데 나중에 그 사람이 생각하고 있는 사용 시간과 실제 사용하고 기록한 시간을 비교해보면, 일치하는 일이 거의 없었다는 것이다.

자신의 시간 패턴을 기록 하여 중요한 일에 시간을 투자해야 한다.

여섯째, 쉬는 시간을 만든다.

집중이 흐트러지고, 힘이 빠지는 신호를 무시하고 계속 달리기만 하면 몸이 망가진다.

휴식과 재충전은 워킹맘들에게 특히 중요하다.

일곱째, 시간 도구를 사용한다.

다이어리나 포스트잇과 같은 메모를 하면 시간을 효율적으로 쓸 수 있다.

주부 황하나(32) 씨는 4년 차 워킹맘이다.

"기록이 기억을 만들잖아요. 잊어버리면 안 되는 기념일이나 행사들을 미리 적어두고, 각종 공과금이 빠져나가는 날짜를 체크해두죠."

요즘에는 아기를 보며 드는 생각이나 신랑에게 느끼는 고마움, 서운했던 작고 사소한 일들을 간단한 일기도 쓰고 있다고 한다.

스마트 폰뿐 아니라 블로그와 페이스북도 있건만, 황씨는 다이어리를 고수한다. "공감도 없고, 소통도 없는 공간이라서 좋아요.

꽉 막힌 공간이어서 저 자신과 더 잘 만날 수 있고, 훨씬 더 솔직해진 달까요." 황씨는 "다이어리를 쓰다 보면 힘들고 무의미하게 지나가는 하루가 아니라 매일 매일이 소중하고 의미가 있는 날들이 된다"고 했다.

또한, 다이어리를 통해 자신의 계획을 한눈에 볼 수 있어서 좋다고 한다.

여덟째, 출퇴근 시간에 계획 세우기.

워킹맘에게 출퇴근 시간은 정말 소중하다.

책도 읽고, 음악도 듣는 다양한 방법으로 혼자만의 시간을 가질 수 있는 절호의 찬스다.

아홉째, 주말 시간을 활용한다.

주중에 못 해주었던 활동들은 주말을 이용하여 체험전이나 여행을 다닌다.

아이들에게는 즐거움을 줄 수 있고, 엄마 아빠에게는 힐링의 시간이 된다.

03

전업맘의 시간 관리 방법

　　주부 생활 프렌즈 커뮤니티 3040 맘, 804명을 대상으로 실시한 설문조사 결과에 따르면 94%가 "나는 바쁘다!"

　하루가 30시간은 되어야 될 거 같다는 공통된 생각들이었다.

　시간이 부족한 이유 중 1위는 40%로 집안일이 차지했고, 2위는 30%로 한시도 눈을 뗄 수 없는 아이들 때문.

　3위는 4%로 학부모 모임 4위는 3%로 매사에 도움 안 되는 남편 등이었다.

　A씨는 3살 아들을 키우는 전업맘이다.

　임신과 동시에 전업맘의 길로 들어선 A씨는 워킹맘은 엄두도 못 낸다고 말한다.

　결혼 전까지는 미술대학을 졸업하고 학원을 운영했으나, 다시 도전하기엔 용기도 부족하고, 하루가 너무 바쁘다는 이유다.

불면증이 있어서 새벽 늦게 잠들지만, 아침 일찍 일어나는 아들 덕에 늘 피곤이 누적되어 있다.

아침에 일어나서 아이 어린이집에 보내야 하지만, 늦게 잠든 탓에 정신이 멍하다.

겨우 정신을 차려 아침을 준비하는데 벌써 시계는 10시를 향해 있다.

어린이집에 보낸 후 A씨는 집안일을 시작한다.

전업주부 4년차 인데도 손이 심하게 느려서 청소기랑 스팀청소기만 돌려도 1시간 반이 걸린다.

나물무침 한 개에도 30분 이상 걸리고, 아이 반찬 한 개 하는 데도 오랜 시간이 걸려서야 겨우 끝마친다.

그렇게 집안일과 반찬만 하는데도 평균 3~4시간이 걸리는 A씨는 하루가 정말 짧다고 했다.

자신만의 시간도 갖고 싶지만, 한 것 없이 어영부영 시간이 지나가 버린다는 이유다.

전업주부 10년 차의 H씨의 하루 일과를 들여다보았다.

아침 8시가 되면 아들 6세의 기상시간이자 엄마의 기상시간이다.

유치원 차는 집 앞에 정확히 9시 30분에 도착이다.

1시간 30분 동안 아들 유치원 보내기위해 준비를 끝마쳐야 한다.

아들은 일어나자마자 장난감방에서 한참 혼자 놀이를 한다.

그 시간에 엄마는 아이만을 위한 식사를 준비한다.

신랑은 이른 출근으로 아침은 대충 시리얼로 떼우고, 그마저도 아이가 생기면서부터는 직접 챙겨 먹는다.

그렇게 유치원에 보내고 난 후 집안일에 밀린 빨래, 어쩌다 TV 시청을 하다 보면 어느덧 2시가 되고 점심시간도 놓치고 아이 데리러 갈 시간이 된다.

그리고 아이를 태권도 학원에 데려다주고 집에 오면 어느덧 4시가되고, 허기진 배를 채우기 위해 손에 잡히는 대로 아무거나 입에 넣는다.

전업맘으로 하루종일 자유시간인 것 같지만 의외로 자기 시간이 없다고 한다.

그리고 저녁은 아이와 오로지 함께 보내고 못 끝낸 집안일은 내일로 하자며 미뤄버린다.

그리고 내일이 되면 밀려 있던 일과 또 해야 할 일이 겹쳐서 그야말로 첩첩산중이다.

지금은 그나마 유치원생이라 다행이라며 학교 들어가면 더 바빠서 자신만의 시간이 없을 거 같다며 걱정을 한다.

시간을 계획대로 쓰지 않으면 허송세월 보내기 쉬운 사람이 바로 전업맘이다.

집안일과 육아, 살림을 도맡아 해도 존중받기는커녕, 오히려 당연하게 생각한다.

때문에, 아이가 어릴 때는 아이에게 올인 하고, 아이가 조금 자라서 어린이집에 가게 되면, 엄마도 자신의 시간을 보내야 한다.

자신을 위해 시간을 계획하지 않는다면, 집순이 혹은 아줌마가 되어 이쪽저쪽 불려 다니는 신세를 면치 못하게 될 것이다.

이동순 한국 부모교육센터 소장에 따르면 아이에게 가장 중요한 시기는 바로 태어나서 3년 동안이라고 했다.

이때 아이는 하루 5시간 이상을 엄마에게 안겨 있게 되는데, 이런 시간을 통해서만이 아이는 엄마가 자신을 사랑하고 지켜준다는 것을 몸으로 습득하게 된다.

특히 아이가 화를 내고 감정의 변화가 심한 18~36개월 동안은 자세히 살펴보지 않고서는 아이가 무엇을 원하는지, 무엇을 표현하고 싶은지 알 수 없다.

엄마가 가깝게 있을 때만 이것을 살필 수 있다.

또 엄마 자신을 위해서도 이 기간은 필요하다.

육아를 통한 자신과의 대면은 엄마로서는 물론 인간으로서 성숙해

갈 수 있는 기회가 될 것이기 때문이라고 했다.

흘러가는 시간을 덧없이 흘려보내는 것이 아닌, 육아를 통해 엄마도 성장해야 하고, 아이도 정서적으로 안정감을 느끼는 시간이 되어야 한다는 것이다.

어렸을 때는 엄마와 아이에게 최선을 다해야 하고, 아이가 유치원에 가면 그 시간 동안 엄마도 함께 성장하는 시간을 가져야 한다.

아이와 함께 스케줄을 짜서 하루 계획을 세우는 방법도 좋다.

예를 들어, 나는 아이가 어렸을 때는 아이들을 데리고 도서관을 자주 갔다.

요즘 문화센터도 좋고, 기관도 좋지만, 도서관만큼 좋은 환경은 아니다.

아이들이 스스로 책과 친해질 수 있는 기회가 되면서, 엄마 자신도 내 아이를 위한 일대일 선생님이라 생각하면 스스로 행복해진다.

또한, 아이들이 잠시 잠을 자거나, 혼자 책을 볼 때는 틈틈이 엄마도 독서를 할 수 있다.

도서관뿐 아니라, 가까운 공원에서 아이들과 함께 꽃도 보고 바람도 쐬면서 자연의 고마움을 만끽했다.

전업맘이라고 집에서 늘 아이와 함께 있다 보면 답답하기만 하다.

하루 종일 대화도 안 통하고, 집안일은 끝나지도 않은 채 하루의 시간은 훌쩍 지나가 버린다.

무엇보다 자아 정체성의 혼란과 스스로의 무능력함에 빠져들어 우울한 시간으로 보낼 수 있다.

한 아파트에 사는 전업맘은 34개월 딸과 9개월 아들을 키우고 있다.

하루 종일 아이들에게 시달리다, 저녁 9시가 되면 드디어 육퇴라며 좋아한다.

그때부턴 인기 있는 드라마 시청, 야식에 맥주로 밤늦게까지 자유를 만끽한다.

그러다 보니 아침 기상이 너무 힘들고, 하루하루 몸이 천근만근이다.

자신도 자유시간이 있어야 하지 않겠냐며, 밤 9시부터 새벽까지 이어지는 TV시청은 다음날까지도 지장을 줬다.

심지어 세수나 머리 감는 것조차도 귀찮다며 씻지 않고, 모자만 눌러쓰고 큰 아이 어린이집에 데려다준다.

게으른 탓에 집안일도 미루며, 하루하루의 시간을 어영부영 보내는 모습이 안타까웠다.

오늘 하루의 시간을 어떻게 무엇으로 보낼 것인가? 더 나아가 이 시간을 통해 스스로 어떤 사람이 되기로 했는가? 생각해 보아야 한다.

반면에, 자신의 시간을 잘 보내는 전업맘도 있다.

회사생활 5년 차 J씨는 최근 직장을 그만두고 아이와 자신을 위해 직장을 관뒀다.

J씨는 아들을 어린이집에 보내면서 본인은 스쿼시 운동을 하러 간다.

집에 들어가면 다시 나오기 힘들뿐더러, 시간이 금방 가버린다고 했다.

그리고 요리 학원을 월, 금 일주일에 2번 가고, 피부미용학원을 화, 목에 간다

J씨는 직장 다니면서 하고 싶은 일들이 너무 많았다.

꽝 손이라 요리도 배워보고 싶고, 자신의 피부가 예민해서 피부미용에도 관심이 많았다.

그러나 시간이 도저히 맞지를 않아 미뤘는데, 드디어 계획대로 배울 수 있다며 좋아한다.

요리학원에 다니면서 자신이 요리에 소질이 있는지 몰랐다면서 뒤늦게 베이킹 수업도 신청해놓은 상태다.

전업맘이냐, 워킹맘이냐가 중요한 게 아니고, 내가 어떻게 시간을 투자하고, 관리하느냐가 중요한 것이다.

자신을 위해 투자한 시간이 자신의 꿈을 되찾아 줄 것이고, 새로운

변신을 하게 만들어 주기 때문이다.

어쩌면, 남편들도 집에서 TV 보며, 수다 떨고, 어영부영 시간을 보내는 와이프보단, 자기 계발하며 시간을 알차게 보내는 와이프와 대화하는 게 더 좋지 않을까?

시간은 가장 희소한 자원이다. 따라서 시간을 관리하지 못하는 사람은 다른 아무것도 관리하지 못한다(피터 드러커).

전업맘으로서 시간을 잘 보내기 위한 방법을 제시해 본다.

첫째, 틈새 시간을 노리자.

아이들이 어리면 낮잠을 잘 때 엄마만의 제 2의 준비를 해야 한다.

아이들이 유치원에 있는 시간, 학원에 있는 시간 등을 이용하여 엄마 자신의 시간을 확보하자.

둘째, 자신의 내적 성장에 투자하자.

취미 생활이나, 봉사 활동 등을 통해 보람을 느끼며 내적으로 행복할 수 있는 일을 해보자.

셋째, 집이 주는 안락함에서 탈출하자.

집에서 습관적으로 늘어져 있는 건 아닌지 점검해 보고, 집에만 있지 말고 배우고 학습할 기회를 만들자.

넷째, 아이 스스로 할 수 있는 시간과 기회를 주자.

전업맘이 헬리콥터 맘이 되면 곤란하다.

즉, 엄마가 아이 스케줄을 관리해주면 곤란하다.

아이 스스로 계획을 세우고 공부할 수 있도록 옆에서 지켜보자.

다섯째, 엄마 자신의 계획표를 세운다.

가족들에게 엄마의 계획표를 보여주고, 일 안 하는 엄마에게 거는 기대를 없앤다.

여섯째, 자투리 시간에 독서를 습관화한다.

핸드폰만 바라보지 말고 독서하는 습관을 갖도록 하자.

아이를 기다리는 시간을 이용해, 틈틈이 다양한 분야의 독서를 해보자.

일곱째, 우선순위를 정한다.

중요한 일에 시간을 투자해야 한다. 예를 들어 학부모 모임 참석은 안 가더라도 영어학원은 꼭 간다.

여덟째, 자신의 목표를 정한다.

목표가 있는 사람은 하루를 헛되게 보내지 않는다.

목표를 갖고 사는 사람은 늘 긍정적이고 밝다.

엄마가 세웠던 목표를 향해 노력하다 보면 내 몸값, 내 브랜드를 높일 수 있는 기회가 온다

아홉째, 새로운 변화를 추구한다.

매일 비슷한 일상 속에 정신없이 살다 보면, 세월이 훌쩍 지나 버렸음을 발견할지도 모른다.

드러커 교수의 '모든 개인이 자기 인생의 경영자요, 최소한 자신이 책임을 맡고 있는 영역만큼은 CEO'라는 말처럼, 주부 또한 자신의 인생과 미래, 그리고 자신의 성장에 책임을 져야 하는 경영자이며, 또한 가정이라는 작지만 중요한 조직의 최고경영자인 것이다.

늘 새로운 변화를 추구하기 위해 노력해야 한다.

04

시간표, 내 방식대로 꾸며라

반복된 일상 속에 다람쥐 쳇바퀴 돌 듯, 하루, 한 달, 일 년을 그냥 보내는 사람이 많다.

자신은 늘 바쁘다며 불만 불평이면서도 똑같은 일상에 젖어 산다.

성공하는 사람들은 대부분 규칙적인 생활을 한다.

시간표는 규칙적인 생활을 하게 도와주는 도구가 될 뿐 아니라, 시간 낭비를 최소화할 수 있게 도와준다.

시간표를 잘 짜면 우리에게 어떤 유익한 점이 있는지 알아보자.

첫째, 우리의 할 일을 전체적으로 보여준다.

제한된 시간 속에서 목표를 현실적으로 볼 수 있도록 해준다.

둘째, 시간표는 나침반 역할을 한다.

나태하게 시간을 보낼 때 방향을 제시해 주고, 기분과 감정에 휩쓸

리지 않도록 보호해 준다.

셋째, 시간표를 통해 시각화하여 볼 수 있다.

눈에 잘 띄는 곳에 붙여놓고 일목요연하게 하루 할 일을 볼 수 있다.

넷째, 자투리 시간이나, 예비 시간을 알 수 있다.

예정에 없던 일이 생겼을 경우 시간표를 보면서 일정을 추가하거나 생략할 수 있다.

다섯째, 해야 할 일의 목록을 전부 기억해야 하는 부담감을 덜어준다.

여섯째, 머릿속에 뭉뚱그려져 있는 일도 시간표로 작성해서 보면 한눈에 볼 수 있기에 우선순위대로 일하게 된다.

자신만의 방식으로 시간표를 짜게 되면, 조급함도 돌발사고도 일어날 확률이 낮다.

한복 디자이너, 웨딩업체 CEO, 스타일리스트로 활동 중인 목 씨의 하루는 여러 겹으로 이루어져 있는 것 같다.

목 씨는 직함이 여러 개다. 제니퍼 웨딩의 CEO이자 한복 디자이너이자 스타일리스트다.

여기에 이제 6학년이 된 딸의 엄마고, 한 남자의 아내다.

어떤 것 하나도 소홀하게 하지 않는다. 그녀는 안팎에서 한결같이 프로페셔널하다.

그렇다면 어떻게 세 가지 일을 해낼까? 출근은 한복 매장으로 한다. 일하는 시간은 늦은 아침부터 오후 5시까지이다.

웨딩 일은 상주하는 직원이 담당하고, 자신이 직접 할 일은 남는 시간에 예약을 잡아 해결한다.

스타일리스트 일은 평소 짬짬이 스타일링 아이디어를 생각해내고 의상 픽업은 이동하는 시간에 한 번에 해결한다.

이런 바쁜 와중에 스케줄을 소화할 수 있는 것도 시간표대로 실행했기 때문이라고 한다.

목씨의 책상에는 눈에 띄게 그녀의 방식으로 시간표가 붙어있다.

정신없이 바쁜 일정이지만, 그녀가 가장 중요하게 여기는 시간은 딸아이와 함께 있는 시간이다.

놀랍게도 그녀는 거의 모든 저녁 시간을 가족과 보낸다.

직접 저녁을 차리고 아이와 함께 저녁을 먹는다.

"엄마라면 아이가 잠들 때 옆에 있어 줘야 한다고 생각해요. 다른 일을 하더라도 엄마가 옆에 있으면 아이는 안정이 되거든요. 또 일하는 엄마의 모습을 보면서 아이는 자연스럽게 '엄마가 열심히 사는구나!' 하고 생각하기 때문에 자기 일도 알아서 하게 되죠."

일과 가정 둘 다 퍼펙트하게 지키며 살아가는 그녀의 일과는 아침부터 저녁까지 시간표에 맞게 움직이다 보니 빠뜨리는 일도, 소홀히 하는 일도 없다고 한다.

나의 경우는 월요일부터 금요일까지 시간표와 주말 시간표를 따로
짜서 시간을 배분했다.

예를 들어 월요일부터 금요일까지는 집에서 하는 일, 출퇴근하면서
하는 일, 회사에서 하는 일, 퇴근 후 하는 일, 커피숍에서 보내는 일,
아이들 재우고 하는 일, 등으로 시간을 나누어서 시간표를 작성했다.

주말에는 가족들과 여행을 가거나 도서관 순회 하는 것 위주로 시
간표가 짜여 있다.

일주일 동안 수고한 우리 가족과 아이들을 위해 휴식과 여유, 그리
고 즐거움을 갖춘 시간표로 구성했다.

요즘은 주 5일제 근무가 많다 보니 주말에는 최대한 가족과 함께 보
내는 시간표를 작성하는 것이 좋다.

그런 시간표 덕분에 아이들도 주말 시간을 손꼽아 기다리며, 벽에
붙어있는 시간표를 몇 번씩 본다.

워킹맘 A씨는 초등 1학년 아들과 함께 아들 시간표 엄마 시간표를
만들었다.

냉장고 벽면에 만든 아들 시간표에는 돌봄 교실이 끝난 후부터 엄
마가 퇴근할 때까지 요일별로 아들의 시간표를 붙여 놓았다.

무엇을 더 시켜주고 채워주고 싶은 마음은 굴뚝같지만, 아이 스스로 시간표에 따라 하는 습관을 들이기 위해서이다.

엄마 역시 퇴근 후 아이와 함께 보내는 시간표를 작성했다.

요일별로 월요일과 금요일은 엄마와 자전거 타기. 수요일과 토요일은 수영 가기 등 규칙적으로 실천한다.

초등학교 3학년 6학년 남매를 둔 박씨는 벌써부터 걱정이 앞선다.

여름방학이 한 달도 채 남지 않았기 때문에 워킹맘인 그녀는 방학 때마다 집에서 빈둥거리는 아이들 걱정에 마음이 편치 않다.

내년 중학교에 입학하는 큰딸과, 성적이 부진한 막내아들의 여름방학을 위해 시간표를 세우기로 했다.

집에서 보내는 시간이 많은 방학 동안 아이들은 늦잠을 자고, 불규칙한 생활을 하는 경우가 많다.

중학교 입학을 코앞에 둔 고학년 자녀를 둔 엄마들은 족집게 학원 선생님을 만나기 위해 헬리콥터맘을 자청한다.

그러나 박씨는 그것보다 더 중요한 것은 아이가 스스로 주도 학습할 수 있도록 시간표를 짜서 효율적인 시간을 분배하는 것이라 생각했다.

아이와 충분히 대화를 나눈 다음, 부족한 과목을 보충하고, 복습하는 쪽으로 계획을 세우고 틈틈이 자율 시간도 끼워 넣었다.

부모의 욕심으로 시간표를 작성하게 되면 아이들은 싫증을 느끼고 계획표대로 실천하지 않게 된다.

박씨는 아이들과 함께 시간표를 의논하며 세웠고, 덕분에 지금은 자기 주도 학습이 자리 잡았다.

우리는 시간표가 짜여 있는 시간과 짜여 있지 않은 시간 속에서 살아간다.

스스로 시간을 조직해서 시간표라는 프로그램을 만들다 보면 시간을 가치 있게 보낼수 있다.

매사에 예측을 잘하면 성공할 가능성이 커진다.

그 일을 하는데 시간이 얼마나 걸릴 것인가? 라는 질문은 시간표를 짜는데 고려할 필수 항목이다.

시간을 잘못 예측하면 어떻게 될까? 1시간이 걸려서 해야 할 일을 30분 정도만 하면 된다고 생각해서 적은 시간을 배정하면 무리가 생긴다.

그래서 자신이 생각한 시간보다 약 20%를 더 여유 있게 시간표를 작성한다.

그렇게 작성된 시간표는 눈에 잘 띄는 곳에 시각화해놓고 잘 지키는 날과 안 지키는 날을 체크 하도록 해서 한 달에 한 번씩 수정을 해준다.

또한 눈에 띄게 시간표를 색깔별로 해두고, 중요한 것은 강한 색으로 색칠했다.

도요타 자동차가 세계 최고의 자동차 회사의 반열에 오른 비결중 하나가 JIT(Just in time)방식이고, JIT의 핵심 전략중의 하나가 간판 방식(Signage system)이라는 관리법이다.

볼 수 없는 것들을 가시적으로 볼 수 있도록 만드는 방식이다.

예를 들어 위험 지역을 말로 주의를 주는 것보다 노랑색 페인트로 주의를 주는 것이다.

공구 정리를 잘하라는 백 마디 말보다 공구 판을 만들어 공구 모양을 표시한 곳에 정리하도록 하는 것이다.

시간표가 나를 구속하는 도구가 아닌, 시간표를 통해 나의 삶의 질을 높이는 도구가 되어야 한다.

시간표를 잘 짜는 기술은 시간을 가장 알뜰하게 쓰는 방법이면서, 내 삶의 균형과 조화를 이루도록 도와줄 것이다.

워킹맘의 하루 시간표를 예로 제시해 본다.

나의 경우는 하루의 시간표를 아래와 같이 잘게 쪼개어 시간을 배분했다.

주말 시간표의 경우는 변수가 많기 때문에 바뀌는 경우가 많다.

(평일)

요일 요일(사용시간)	월	화	수	목	금
새벽시간 (1시간30) 4시30분–6시00분	독서, 글쓰기 식사준비	독서, 글쓰기 식사준비	독서, 글쓰기 식사준비	독서, 글쓰기 식사준비	독서, 글쓰기 식사준비
출근시간(20) 6시20–6시40분	독서	독서	독서	독서	독서
회사(8시간) 6시40분–3시	업무	업무	업무	업무	업무
퇴근시간(30) 3시–3시30분	영어듣기	영어듣기	영어듣기	영어듣기	영어듣기
집(30) 3시 30분–4시	저녁준비	저녁준비	저녁준비	저녁준비	저녁준비
놀이터(40분) 4시–4시 40분	놀기	놀기	놀기	놀기	놀기
집(30) 5시00분–5시30분	아이교육	아이교육	아이교육	아이교육	아이교육
집 (1시간) 6시30–7시30	아이와 대화및 저녁식사	아이와 대화및 저녁식사	자전거 타기및 저녁식사	아이와 대화및 저녁식사	수영및 저녁식사
집(1시간) 7시 30분–8시 30	독서시간	독서시간	독서시간	독서시간	독서시간
카페 및 아지트 (1시간) 9시30–10시30분	글쓰기	글쓰기	글쓰기	글쓰기	글쓰기

(주말)

요일(사용시간) / 요일	토요일	일요일
집(1시간) 7시-8시	식사준비	식사준비
공원(2-3시간) 9시-12시	독서 및 산책(도서관)	독서 및 산책(도서관)
점심식사 (1시간)13시-14시	식사	식사
아이운동 및 성당 (2시간) 14시-16시	성당	탁구
커피숍(1시간30분) 16시-17시30분	글쓰기	글쓰기
저녁식사 (1시간) 18시 30분- 19시 30분	가족대화 및 식사	가족대화 및 식사
운동 및 자유시간 (1시간) 19시30-20시 30분	산책 및 수영	산책 및 수영
마무리 (21시-22시)	가족 토론 및 회의	가족 토론 및 회의

하루의 시간을 쪼개면서 생활하게 되면, 시간을 어디에 어떻게 보냈는지, 시간을 무책임하게 흘려보내는 실수를 피할 수 있게 된다.

05

위인들의 시간표에는 성공의 원인이 있다

　　　　　　모든 위대한 결과는 대부분 위험을 무릅쓴 결과
다.

위험을 거치지 않은 대가는 작고 보잘것없으며 쉽게 사라진다.

기꺼이 위험을 감수하고 그에 대한 책임을 지려는 사람이야말로 열
매를 먹을 자격이 있다(스노우 폭스 김승호 회장).

안전함과 편안함을 선택한 인생은 결코 발전할 수 없기에 위험 속
에서도 꿋꿋이 자신과 싸움에서 이기는 편을 선택해야겠다.

그런 의미에서 성공하는 사람들의 시간 사용법을 보면 하나같이 환
경과 위험을 마다하지 않고 본인의 목표를 향해 달렸다는 걸 알 수 있
었다.

먼저 이순신의 시간 사용법을 알아보자.

임진왜란 때 두 번씩이나 나라를 구하고, 23전 23승이라는 놀라운

승전 기록을 세웠으며 일본에서도 해상전투의 신으로 일컬어 존경받고 있다.

이순신의 시간 사용법의 특징은 **첫째, 훌륭한 목표를 세우고 그 목표를 일관되게 추구하였다.**

목표설정은 시간 관리의 첫째 원리이다. 목표를 세우지 않고는 시간을 관리할 수도 없고, 측정할 수도 없다.

수많은 시련을 겪으면서도 자신의 꿈을 포기하지 않고 도전해 무과를 공부한 지 무려 10년 만에 무과 시험에 합격했다.

그는 대장이라는 직위에 만족하지 않고, 더 큰 목교, 즉 나라와 백성을 지키는 것을 목표로 삼아 끊임없이 도전했다.

도전에 대한 과정에서 숱한 시행착오를 겪었지만, 목표만은 결코 포기하지 않았다.

둘째, 늘 중요도에 따라 우선순위를 정해서 일을 해결했다.

그는 무질서는 곧 실패를 자초한다는 생각에 우선순위에 따라 사전 준비를 철저히 하고, 대책을 만들어 하나하나 처리해 나갔다.

셋째, 매사를 치밀하게 계획했다.

그에게 준비는 곧 계획이었다. 유비무환이라는 신념 아래, 전쟁을 대비했다.

47세에 전라 좌수사가 된 그는 바다 건너 일본에서 흘러나오는 소문에 귀를 기울였다.

일본이 수많은 병선과 무기들을 만든다는 얘기를 듣고, 곧 일본이 쳐들어오리라 예측했다.

군사 훈련을 철저히 하고, 왜적에 맞서 싸울 만한 새로운 전투함도 제작했다.

그의 예측대로 거북선이 완성된 지, 15일 만에 일본군이 수백 척의 배를 거느리고 부산 앞바다로 침략해왔다.

넷째, 차분히 일을 진행했으며, 서두르는 것을 몹시 경계했다.

이순신은 아무리 급해도 하지 말아야 할 것은 하지 않는 것이 더 좋고, 때로는 기다려야 한다고 했다.

또 수치심과 분노가 치밀어도 당장의 치욕을 씻기 위해 무모하게 전투해서는 안 되며, 신중하게 기회를 포착해 싸워야 한다고 주장했다.

다섯째, 매우 부지런했다.

난중일기에 따르면 그는 찾아오는 막하 장병들과 공사를 논의하며 새벽닭이 우는 소리를 들었다. 이순신은 새벽형 인간이었다. 항상 일찍 일어나, 새벽 시간을 활용했다.

여섯째, 매사 기록을 잘했다.

이순신은 임진왜란 7년의 와중에도 쉬지 않고 일기를 써 난중일기를 남겼다.

또 조정에 전쟁 상황을 생생하게 보고 했는데, 이 기록은 오늘날 귀중한 역사 자료로 평가받고 있다.

일곱째, 자기 계발에 힘썼다.

독서를 통해 해박한 지식과 지혜를 쌓았다. 전쟁이 한창 진행되는 중에도 병법 책을 손에서 놓지 않았다. 난중일기와 임진 장초를 살펴보면 얼마나 열심히 독서했는지 그 흔적을 찾아볼 수 있다.

다음으로 벤저민 프랭클린의 시간 사용법을 알아보자.

벤저민 프랭클린은 미국 건국 초기 정치가 외교관 과학자 저술가 신문사 경영자였던 세계적인 위인이다.

프랭클린은 너무 가난해서 초등학교도 제대로 졸업하지 못했다.

그는 어려서부터 시간의 귀중함을 깨닫고 평생 시간 관리를 철저히 했다.

첫째, 독서하는데 시간을 많이 투자했다.

프랭클린이 다양한 역할을 성공적으로 수행해낼 수 있었던 이유는 책을 읽었기 때문이다.

그에게 스승은 바로 책이었다.

대충 읽는 것이 아니라 열심히 읽고 또 읽었다.

둘째, 시간의 가치를 잘 알았다.

어느 날, 한 청년이 프랭클린에게 인생 상담을 요청했다. 청년은 열심히 일하는데도 결과가 좋지 않아 조언을 얻으려던 참이었다.

약속시간에 맞춰 청년이 프랭클린의 집을 찾았다. 그때 방문이 활짝 열려 있어 안을 들여다보게 되었다.

청년은 놀라지 않을 수 없었다. 방안은 온갖 물건이 뒤죽박죽 섞여서 엉망이었다.

프랭클린은 청년에게 '1분만 주게' 하면서 방문을 닫았다.

1분이 지나고 다시 방문이 열리자 조금 전과는 아주 다른 광경이 펼쳐졌다. 프랭클린은 청년에게 와인한잔을 건네며 이렇게 말했다.

이제 가도 좋네, 프랭클린이 청년에게 준 답은 1분 동안에도 많은 일을 할 수 있다는 것이다.

셋째, 시간은 물론 자신을 철저하게 관리했다.

프랭클린은 저녁이면 계획표를 적어놓은 수첩을 보면서 그날 하루의 행동을 뒤 돌아보았다.

그는 하루 24시간 계획을 세우고 빈틈없이 점검했다.

넷째, 끝까지 포기하지 않고, 목표한 바를 성취했다.

어느 기자가 프랭클린에게 수많은 어려움을 겪으면서도 어떻게 포기하지 않고 목표를 달성할 수 있었나요? 라고 물었다. 그에 프랭클린이 답했다.

혹시 일하는 석공을 자세히 살펴본 적이 있나요?

석공은 똑같은 자리를 아마 족히 백번은 두드릴 것입니다.

갈라질 기미가 보이지 않는데도 말이죠. 하지만 백한 번째 내리치는 순간 돌은 두 조각으로 갈라지고 맙니다.

한 번의 망치질 때문이 아니라, 바로 그 마지막 한 번이 있기 전까지 내리쳤던 백 번의 망치질 때문이죠. 어려움을 극복하고 값진 결과를 얻기 위해서는 인내가 필요함을 말한 것이다.

다음으로 나카무라 슈지의 시간 사용법을 알아보자.

스웨덴 출신의 화학자이자 발명가인 알프레드 노벨의 유언으로 제정된 노벨상은 지금까지도 수많은 수상자를 배출하며 최고의 권위를 자랑하고 있다.

하지만, 2014년에 일본인조차 잘 모르는 한 지방 대학 출신의 연구원이 공동으로 물리학상을 받아 대중을 놀라게 했다.

그는 자신만의 방법으로 목표를 이루어낸 인물이라고 평가할 수 있다.

첫째, 목표를 향해 끝까지 나아갔다.

그는 엘리트 교육과는 동떨어진 환경에서 성장했다. 그의 저서 끝까지 해내는 힘에서 설명하듯 목표를 향해 포기하지 않고 나아갔다.

그는 실패해도 좋으니 자기방식으로 매진하라. 주위의 말보다는 자신의 내면과 집념을 믿으라고 충고한다.

남들이 알아주지 않는 평범한 시간 속에서도 좌절하지 않고 끈질기게 목표를 향해 나아간 저력이 그를 세계 최고의 자리에 우뚝 서게 했다.

둘째 생각하는 시간을 많이 가졌다.

그는 어렸을 때 우등생이 아니었다. 친구를 좋아하고, 노는 것을 좋아하고, 무엇보다 멍하니 먼 산을 바라보는 것을 좋아했다. 그의 독창적 아이디어는 이렇게 판단을 멈추는 시간에서 나왔다.

그가 먼 산을 바라보던 시간은 사물의 본질을 꿰뚫어 볼 수 있는 시간이었고, 새로운 아이디어와 만나는 시간이었다.

셋째, 혼자 연구하기를 좋아했다.

그의 독창적인 아이디어는 비상식적이고, 엉뚱한 발상에서 출발했다.

남의 말에 휘둘리지 않고, 타인의 충고보다 자신만의 방식을 고수하고, 비록 느리지만 스스로 결점을 파악하면서 개선하고자 노력했다.

넷째, 좋아하는 일을 했다.

무슨 일이든 끝까지 해내고야 마는 지구력이 있다. 끝까지 해내기 위해서는 정말 진심으로 좋아하는 일을 해야 한다.

성공하고 싶다면 우선 목표와 더불어 자신이 어떤 것에 흥미를 느끼는지 파악해야 한다.

다섯째, 아무도 택하지 않은 일을 선택했다.

남들과 똑같은 방식으로 인생에 안주하지 마라.

지금 고민하고 좌절하고 실패하는 시간은 더 큰 성공으로 가는 도화선이다, 자신을 믿어라. 그리고 끝까지 가라.

다음으로 빌 게이츠의 시간 사용법에 대해 알아보자.

빌 게이츠는 마이크로소프트사를 설립한 사람이다. 세계 최고의 부자 세계에서 가장 존경받는 기업인, 디지털 제국의 황제, 컴퓨터 천재, 세계 최고의 자선가, 노블레스 오블리주의 모델이라는 별칭이다.

그는 세계에서 가장 바쁜 인물로 통한다. 과거 여러 차례 한국에도 방문했는데, 그때마다 분 단위로 스케줄을 짜고 모든 일정을 소화하여 주위 사람들을 놀라게 했다.

첫째, 어린 시절부터 좋은 시간 관리 습관을 길렀다.

그의 어머니는 식사를 규칙적으로 하도록 가르치는 것은 물론 모든 일을 계획적으로 실행하여 시간낭비를 최소화하는 습관을 가르쳤다.

둘째, 새벽형 인간이다.

셋째, 독서광이다.

젊었을 때부터 동네 도서관에 종종 가서 책을 많이 읽었다.

그는 동네 도서관에서 책을 읽는 습관이 하버드 대학을 졸업하는 것보다 낫다고 말했다.

넷째, 시간 낭비를 최소화하려고 노력했다.

그는 쓸데없이 시간을 낭비하는 것을 가장 싫어한다. 특히 친구들끼리 모여 잡담으로 시간을 죽이는 것을 몹시 싫어한다.

심지어 시간이 아까워 길에 떨어진 2달러 지폐를 보고도 그냥 지나쳤다는 일화도 전해진다.

다섯째, 깊이 생각하는 시간을 따로 갖는다.

빌 게이츠는 1년에 두 차례씩 2주 정도 생각주간을 만들어 생각에 몰입하였다.

인적 없는 호숫가 통나무집이나 호텔에 찾아가, 휴대 전화도 끄고 외부와의 일체 접촉을 금하고, 치열하게 미래를 준비하였다고 한다.

06

내 시간을 함부로 뺏으려는 사람과
작별을 고하자

살면서 약속 시간을 잘 지키지 않는 사람들을 보면 그 사람이 아무리 뛰어난 사람이라 할지라도 실망감을 감추지 못하게 된다.

'5분이나 10분 정도는 늦어도 괜찮겠지!' 하고 정시약속을 지키지 못하는 경우가 많다.

시간약속은 누구든 마음만 먹으면 쉽게 지킬 수 있는 약속 중 하나다.

상대의 입장에서 5분이나 10분은 너그러이 기다려 줄 수도 있는 시간일 수도 있지만, 상대가 나에 대해 갖게 될 이미지나 태도는 분명 달라질 수밖에 없다.

약속시간 10분전에 도착하려고 신경 쓰는 것은 모든 성공인 들의 공동 자세이기도 하다.

약속시간에 늦게 나타나야 사람들에게 인기 있는 주요인물로 보일 거라고 여유를 부린다면 큰 착각이다.

시간을 지키는 사람일수록 신용을 얻고 성공한다는 고금의 진리이다.

내 시간이 소중하듯 남의 시간도 소중하다는 생각으로 작은 약속도 소중히 지킬 줄 알아야 한다.

가장 중요한 점은 약속할 때 시간 배분을 여유 있게 하는 것이다.

처음부터 끝나는 시간을 확인해 여유 있는 일정을 짜야 한다.

그 다음은, 미리 확실하게 준비해두는 일이다.

나갈 시간이 다 되었는데 챙겨가야 할 뭔가를 빠뜨렸다는 사실을 뒤늦게 깨닫고 이를 준비하다 보니 늦어지는 경우가 많다.

또 입고 나갈 옷에 맞출 액세서리를 준비해놓지 않았다거나, 스타킹을 신고 보니 줄이 나 있다거나 하는 이유로 약속시간에 늦는 여성들도 있다.

이런 일이 없도록 전날 밤에 5분 정도 할애하여 내일 일정을 확인하고 챙겨야 한다.

그리고 막 문을 나서려고 할 때 걸려오는 전화는 받지 않는 것이 좋다.

무엇보다 평소 자신의 습관을 확인해 시간을 꼭 지키겠다고 굳게 마음먹고 일정을 관리해야 한다

나의 직장에서는 일주일에 한 번 씩 콘퍼런스를 하거나 회의를 한다.

전 직원이 모이기까지 시간이 한참 걸리고, 직급이 높은 사람들일수록 약속 시간보다 늦게 도착하는 경우가 종종 있다.

나의 소중한 시간을 빼앗는 이런 사람들을 보면 슬슬 짜증이 밀려온다.

사실 병원이다 보니 환자 때문에 늦을 수는 있겠지 라고 생각했다가도, 20~30분 이상 기다리다 보면 차라리 회의가 취소됐으면 하는 마음이 생긴다.

늦게 시작한 회의는, 퇴근 시간을 훌쩍 넘기기 일쑤였고, 빨리 끝났으면 하는 생각밖에 들지 않는다.

〈회사어로 말하라〉 저자인 김범준씨는 재능기부로 강연을 해달라는 부탁을 받았다.

취업을 준비하는 학생들을 돕는 마음으로 해달라고 요청을 계속 받았다.

그래서 그는 좋은 취지니깐 흔쾌히 하자라며 수락했다.

2시간의 강연이지만 오가는 1시간을 포함하여 총 3시간을 투자하며 그 시간동안 정성을 다해 강연했다.

그러나, 강연 시간 동안 책의 내용을 모두 전달하기엔 부족해서 책을 조금이라도 보고 온 사람들을 대상으로 강연을 해야겠다는 생각이 들었다.

그래서 진행담당자에게 최소한 강의 내용이 담긴 책을 읽고 참석하게 하는 게 어떻겠느냐 라며 책을 지참하는 사람에 한해 입장시키자는 제의를 하였지만, 그 이후로 그곳에서는 강연을 못했다고 한다.

자신은 재능기부라고 2시간 동안 열심히 최선을 다했지만, 주최 측에서는 그 2시간을 1만원 남짓의 책값보다 못한 취급을 한 것이다.

그는 다른 사람의 2시간의 시간을 함부로 생각하는 그 주최 측 사람들로부터 실망감을 느꼈다고 한다.

자신의 시간이 소중하다고 생각한 만큼 상대방의 시간도 소중하다는 걸 늘 염두에 두어야 한다.

조직 문화에서도 일하는 시간만큼은 프로답게 최선을 다하며 제시간의 일을 끝내야 한다.

예를 들어, 나의 업무가 아님에도 불구하고 부탁을 받을 경우는, 과감하게 거절할 줄 알아야 한다.

회식이다 미팅이다 예기치 못한 상황이 종종 발생하는데, 그럴 때도 정중하게 거절하며 나의 시간을 빼앗아가지 못하도록 해야 한다.

프랭클린이 서점을 운영했을 때, 어느 날 손님이 찾아왔다.

손님은 책 한 권을 들며 프랭클린에게 물었다.

이 책은 얼마입니까?

1달러입니다.

좀 깎아 주시죠. 어떻게 값을 내려 주실 수 없습니까?

이제 1.5 달러입니다.

네. 무슨 소리에요? 값을 깎아 달라고 했잖습니까?

그 책은 2달러입니다.

책값을 깎아 주기는커녕 시간이 지남에 따라 점점 더 높게 부르는 벤저민 프랭클린의 태도에 손님은 화가 나서 물었다.

왜 책값이 자꾸 오릅니까?

그가 답했다.

저의 귀중한 시간이 손님과 대화하느라 낭비되고 있으니, 책값에 저의 시간에 대한 추가 금액이 붙고 있는 겁니다

그만큼 프랭클린은 어떤 시간도 그냥 흘려보내는 일이 없도록 노력했다.

유대인들은 돈은 언제라도 모으면 부자가 될 수는 있지만, 시간은 한정된 것임을 잘 알고 있다.

신이 인간에게 부여한 생명의 시간은 분명 한계가 있다.

그런데도 사람들은 돈은 조심스럽게 쓰면서 시간에 대해서는 별다

른 관심이 없다.

예를 들어, 남의 돈을 빌릴 때는 이자를 꼼꼼히 계산하기도 하고, 세일 물건을 찾기 위해 이리저리 옮겨 다닌다.

하지만, 약속시간에 늦는다거나 쓸데없는 수다로 남의 귀중한 시간을 빼앗는 것에는 별다른 죄의식을 갖지 않는다.

남의 시간을 빼앗는 건 자신이나 남에게 민폐를 주는 것인데도 잘못한 줄을 모른다.

아무리 금전적으로 가난한 사람이라도 시간적으로 가난한 사람이 되어서는 안 된다.

내 시간을 빼앗기지 않기 위한 방법을 제시한다.

첫째, 남의 시간을 아껴주자.

나의 시간뿐 아니라 다른 사람의 시간도 중요하다.

쓸데없는 일이나 업무 등을 남에게 넘기지 않아야 한다.

둘째, 내 시간에 값을 계산해 보자.

한 달 월급 200만원의 시간당 가치를 매겨보자.

200만 원 × 20일 × 8시간 = 12500원

셋째, 거절할 때는 단호하게 거절한다.

남의 눈치를 보며 이 일 저 일 다 하는 사람이 되지 않아야 한다.

넷째, 집중력이 높은 장소를 아지트로 삼는다.

오로지 내가 집중할 수 있는 장소에서 몰입하며 자신만의 시간을 보낸다.

성공한 사람들을 보면 공통적으로 자신만의 공간이 있었고, 자신만의 시간을 할애할 줄 아는 사람이었다.

다섯째, 메모를 습관화한다.

메모하면 생각을 단순하게 만들어 주고, 잡생각을 없앨 수 있다.

기록하는 것에만 집중하다 보면, 걱정, 게으름도 떨쳐 낼 수 있고, 내 시간을 확보할 수 있다.

여섯째, 최대한 단순하고 심플하게 산다.

너무 복잡하고 정리정돈이 안 된 집은 이것저것 찾느라 시간 낭비하기 쉽다.

미니멀 라이프를 추구하는 사람들은 소유 대신 경험과 가치를 추구한다.

선택과 집중을 통해 시간을 절약하고, 단순하고 빈 공간의 여유를 즐기는 것이다.

일곱째, 긴 회의를 지양한다.

위계질서가 정확하거나 아이디어가 많이 필요한 회사들에서는 회의가 필수적이다.

하지만 통상적으로 준비가 부족한 회의는 난상토론으로 끝나기 쉽다.

즉, 서로의 시간을 빼앗기지 않기 위해서는 탁자에서 모든 것을 결정 내려는 자세를 지양해야 한다.

07

진정한 휴식을 취하자

경제 협력 개발 기구인 OECD의 발표에 따르면 2015년 기준으로 우리나라의 1인 연평균 근로 시간은 2113시간이라고 한다.

이 수치는 OECD 국가 전체의 연평균 근로시간인 1776시간보다 347시간이나 길고, 전체 회원국 가운데 두 번째로 근로 시간이 긴 나라에 속한다.

일을 많이 한 만큼 그만큼 휴식을 취할 시간이 없다는 말이기도 하다.

'쉬다' 라는 뜻의 한자 '휴(休)'를 살펴보면 나무에 기대고 있는 사람의 모습이 보인다.

나무에 편하게 기대며 휴식을 취한다는 건, 자연의 소리를 듣고, 잠시 내면의 소리를 들어 보라는 뜻이라 생각한다.

과학전문 기자인 슈테판 클라인은 진정한 휴식에 대해 이렇게 말했다.

중요한 것은 하루의 리듬을 스스로 결정한다는 느낌이 들어야 한다.

다시 말해서 우리는 자기시간의 주인이 되어야 한다.

진정한 휴식이란 그저 텅 비어있는 시간을 가리키는 말이 아니다.

자신이 자발적인 선택을 통해 하루를 결정한다는 느낌을 가질 때, 진정한 휴식시간을 가질 수 있다.

예를 들어 우리는 휴식을 위해 여행을 간다.

맛있는 것도 먹고 경치도 보면서 마음의 힐링을 위해 여행을 떠난다.

그러나, 실제로는 맛있는 것을 먹으면서 사진을 찍어 인스타그램에 올리고, 아름다운 풍경을 보면서 사진을 찍어 페이스북에 올린다.

휴식을 통해 스스로 힐링을 하고, 즐거움을 만끽하기보단, 남에게 보이기 위해 사진을 찍고, SNS에 올리느라 너무나도 바쁘다.

자신에게 여유를 주려고 떠난 휴식이 실제로는 짧은 시간 동안 많은 사진을 찍고, 페이스 북에 올리기 위해 진정한 휴식을 취하지 못하게 된다.

그리고, 누군가의 댓글에 또 댓글을 달기 위해 정신없이 휴가를 보낸다.

그래서 진정한 휴가가 나를 위한 것이 아닌 남에게 보이기 위한 휴가로 비춰지기도 한다.

오프라 윈프리는 미국의 여성 방송인이다.

20년 넘게 낮 시간대 TV 토크쇼 시청률 1위를 고수해 온 오프라 윈프리 쇼의 진행자로 유명하다.

그녀는 미국인들이 뽑은 가장 좋아하는 TV 방송인이고 미국에서 유일한 흑인 억만장자 이며 세계에서 가장 영향력 있는 여성이기도 하다.

그녀에게도 습관처럼 매일 하는 최고의 휴식법이 있는데, 그건 바로 명상이다.

그녀는 명상으로 스트레스를 누그러뜨리고 불안을 잠재운다고 한다.

또한, 새로운 아이디어를 내는 데도 도움을 받는다고 한다.

명상으로 그런 효과를 본다고 하니 놀라울 따름이다.

명상을 실천하는 방법은 하루에 두 번 20분간 가만히 앉아서 눈을 감고 머릿속을 비우는게 전부라고 한다. 이게 자신만의 최고의 휴식법이다.

구글 역시 조직 차원에서 명상 룸까지 마련할 정도로 명상 프로그램을 적극 지원하고 있다.

또한 우리가 잘하는 유명인들도 명상을 선호한다.

스티브 잡스부터 마이클잭슨, 마돈나 같은 톱 가수, 니콜 키드먼 등의 영화배우들도 명상을 꾸준히 실천하고 있다.

세계를 선도한다는 사람들이 이렇게 명상에 열광하는 이유는 무엇일까?

너무 빠르게 바뀌고 복잡해져 가는 세상을 살아가는 현대인에게 진정한 휴식은 자신의 마음을 고요하게 만드는 것에서 비롯된다고 생각하기 때문이다.

명상하면 주위로부터 자유로워지고 온전히 자신에게 주의를 집중해 평온한 상태를 가질 수 있다.

또한 명상하면 뇌 속의 스트레스 내성 관련 부위가 활발해지고, 새로운 배선의 신경회로가 생겨 뇌의 구조를 바꾼다고 한다.

진정한 휴식이란 나를 위해 조용히 내면을 살펴볼 수 있는 제대로 된 휴식이어야 한다.

나의 경우도 새벽에 일어나서 5분 동안 눈을 감고 오늘 하루를 어떻게 보낼 것인지 조용히 명상한다.

시간이 지나고 어느덧 이 시간을 통해 나에게도 많은 변화가 일어났다.

급했던 성격이 지금은 같은 일도 한 번 더 생각해 보게 되었고, 긍정적인 사고방식도 기를 수 있게 되었다.

일을 잘하기 위해서는 휴식도 잘 취할 줄 알아야 한다.

그러나 현대인들은 규칙적으로 휴식을 취하는 것이 아니라, 몸이 힘들다고 신호를 보내면 잠시 쉬는 것이 고작이다. 저녁노을에 물든 석양을 감상할 시간도 없다.

봄이 오는 새들의 노랫 소리에 귀 기울이고, 새싹이 돋아나는 것도 모른다.

마음과 육체의 휴식을 제대로 이용하면 질병에서 벗어날 수 있다고 한다.

몸의 긴장을 풀어주고, 산소 수요량을 50%까지 낮춰주며 심장의 부담도 30% 정도 줄여 준다는 연구결과도 있다. 또한, 혈압과 신경질환을 감소시켜준다는 것이다.

휴식은 한꺼번에 몰아서 하는 것보다, 규칙적으로 하는 것이 효과적이다.

진정한 휴식을 취할 수 있는 방법을 알아보자.

첫째, 휴식을 스마트 폰으로 보내지 말자.

스마트 폰의 발달로 인해 쉬는 시간이 더 없어졌다.

전철 안에서의 풍경은, 너나 할 것 없이 휴대폰를 꺼내 든다.

명상 하거나 잡념을 줄이고 휴식을 취할만한 시간을 휴대폰이 앗아 가 버린 것이다.

둘째, 자신만의 휴식 시간을 갖는다.

명상이나 독서 등을 통해 자신만의 시간을 가져서 뇌를 쉬게 하자.

남과 함께 시간을 보내는 것도 좋지만, 자신만을 위한 휴식은 자신의 내면을 점검할 수도 있다.

셋째, 점심시간 등을 이용해 짧은 낮잠을 잔다.

15분 정도의 낮잠으로 두뇌 활동을 활발하게 하고, 기억력과 집중력을 회복할 수 있다.

잠은 뇌의 피로물질을 제거하는 유일한 방법이다.

짧은 수면이라도 적극적으로 활용하여 뇌를 활성화하자.

넷째, 시간에 쫓기지 말아야 한다.

시간에 지나친 강박은 신경을 날카롭게 만들어 스트레스를 받게 한다.

휴식 시간을 통해 여유 있고, 긍정적인 마음을 갖도록 한다.

다섯째, 멀티태스킹을 하지 않는다.

MIT 뇌 신경 학자인 얼 밀러는 우리의 뇌는 멀티태스킹을 잘할 수 없도록 만들어 졌다고 한다.

사람들이 멀티태스킹을 수행할 때 실제로는 단지 한 가지 일에서 다른 일로 매우 빨리 전환할 뿐이다.

여섯째, 나만의 통과의례를 갖는다.

나 자신을 위해 나를 기분 좋게 만드는 연료를 넣어준다.

예를 들어 커피를 마시고 일을 시작한다거나, 에너지를 소진했을 때나, 업무나 잘 풀리지 않을 때도 응원의 의미로 커피를 마신다.

08

지금 당장 시작하는 시간 관리법

요즘 현대인들은 쫓기듯 앞만 보고 달리다 보니 어느 순간 왜 이렇게 힘들지? 며칠 휴가 내고 여행이라도 다녀올까? 아님 그만둘까? 라며 머릿속에서 휴식의 유혹을 떨쳐내지 못한다.

나 역시도 아침부터 밤까지 분주하게 보냈더니, 수면 부족과 피곤함에 입술은 늘 찢어졌고, 눈에 실핏줄이 터져 거울에 비친 모습에 놀라기도 했다.

새벽부터 전쟁터인 직장은 환자와 관련된 일뿐 아니라, 서류작업, 후배 교육시키기, 물건 신청하기, 물건 정리하기, 상사 눈치보기 등 끝없이 이어진다.

그러다보니 퇴근 시간을 넘기기 일쑤였고, 자연스레 다음 일까지도 지장을 줬다.

퇴근 후, 집에 오면 몸에 힘은 쭉 빠지고 집안일 좀 누가 해줬으면 하는 마음이 굴뚝같다.

늘 퇴근 시간이 임박할 때쯤, 내 몸은 더 분주했고 집에서도 잠자기 직전까지 쌓여있던 집안일을 하면서 지금 당장 무언가의 변화가 필요하다고 느꼈다.

그렇게 시작한 '지금 당장 시작하는 시간 관리법'을 소개해본다.

병원에 근무하면서 환자의 간호 업무 외에도 정리해야 할 서류 작업이 많다.

보통 서류 작업은 미루고 미뤄서 기간이 임박해서 하는 경우가 많다.

예를 들어 이번 달 말까지 해야 한다면 2~3일 전부터 분주하게 시작한다.

사실 다른 일들도 많다 보니, 우선순위에서 밀려나는 경우가 있다.

그러다 말일이 다가오면 더욱더 분주해 지면서, 이것도 해야 하는데.. 저것도 해야 하는데.. 마음은 더욱더 초조해지기 시작한다.

뒤늦게 서야 조금의 시간을 두고 시작했더라면, 이렇게 분주하게 하지 않아도 되었을 텐데.. 라는 후회가 밀려온다.

그래서 나는 이왕 하는 거 지금 당장 시작해서, 빨리 끝내기로 했다.

'오늘 또 일을 미루고 말았다' 의 저자 나카지마 사토시에 따르면 2대 8법칙에 대해 이렇게 말했다.

처음 20%의 시간 동안 80%의 일을 완성하라는 핵심을 알려준다.

즉, 전체 기간의 20%를 사용해 총 업무량의 80%를 처리해야 한다는 것이다.

10일 동안 해야 할 일이라면 10일의 20%인 2일 동안 총 업무량의 80%를 끝내는 것이다.

짧은 기간에 빠르게 일을 처리하면 정확도가 떨어지기 마련이지만, 남은 8일의 기간 동안 충분히 수정하고 보완할 수 있다고 했다.

생각하면서 손을 움직이는 것이 아니라, 손을 움직이면서 생각하라.

그가 제시한 로켓 스타트 시간 관리법에 따르면 첫째, 일을 검토할 시간으로 2일을 요청한 후 로켓 스타트로 일한다.

모든 일을 스타트 대시로 시작한다.

라스트 스퍼트는 모든 악의 근원이라고 했다.

둘째, 2일 동안 총 업무량의 80%를 끝낸다.

셋째, 멀티태스킹을 금지해 업무 효율을 높인다. −3일째부터 여유있게 일한다.

09

원하는 것을 얻기 위해서 그만큼의
시간을 투자해라

1만 시간의 법칙에서 워싱턴포스트 기자 출신 맬컴 글래드웰이 2009년 발표한 저서 『아웃라이어』에서 소개한 개념에서는, 글래드웰은 이 책에서 빌 게이츠, 비틀스, 모차르트 등 시대를 대표하는 천재들(아웃라이어)의 공통점으로 '1만 시간의 법칙'을 꼽았다.

자신의 분야에서 최고의 자리에 오르기 위해서는 선천적 재능 대신 1만 시간 동안 꾸준히 노력해야 한다는 것이다.

1만 시간은 하루 3시간, 일주일에 20시간씩 총 10년 동안 빠짐없이 노력한 시간과 같다.

시간을 투자하지 않고 얻는 결과는 오래 가지 못하고, 어느 순간 실력이 들통 나게 된다.

꾸준한 노력을 통해 시간을 투자하여 성공에 오른 자야 말로, 진정한 승리자이며 이것이 곧 자신의 실력이 되는 것이다.

성공한 사람들이라고 태어날 때부터 가득 채워진 잔을 가지고 태어나지 않았다.

똑같은 시간 속에서도 시련을 기회로 삼고, 꾸준히 노력했기에 가능하다.

취업을 앞둔 어느 날, 이곳저곳의 대학병원에 원서를 넣고, 밤새워 면접 준비를 했다.

집이 지방이다 보니 서울까지 새벽기차를 타고 면접을 보러 다녔고, 밤늦게야 집에 도착하는 날들을 보냈다.

그렇게 코피까지 흘려가며 외웠던 의학 용어나, 해부학 용어들은 10년이 지난 지금까지도 내 머릿속에 기억되어, 그날의 추억을 떠오르게 하였다.

IMF로 인해 지방대생을 거의 뽑지 않는 수도권 대학병원에서, 나름 쓴 고배를 마셔야했지만, 좋은 경험이 되었다.

그런데 동기 중 한명은 큰아버지 빽으로 서울의 대학병원에 입학하면서 나름 탄탄대로를 걸었다.

부러우면 지는 거라고 했지만, 학창시절 나보다 공부도 잘하지 못했고, 열심히 하지 않았던 모습들을 봐왔던 터라, 역시 세상은 공평하지 못하구나 라는 생각이 들었다.

몇 년이 흐른 후, 그 친구는 병원 생활을 하면서 자신의 실력이 부족하다는 것이 들통났고, 공부만 시키는 병원에 적응을 못하고 퇴사하게 되었다.

정말 중요한 것은 조금 늦더라도, 천천히 한걸음씩 내 힘으로 가는 것이라 생각했다.

꿈을 이룬 수많은 사람은 그 꿈을 이루기 위해 10년 이상의 노력을 했던 사람들이었다.

두 사람이 있습니다.

한 사람은 성공한 사람입니다.

그는 인생의 모든 면에서의 성공을 목표로 삼았고, 그 대부분을 이루어 냈습니다.

그의 몸은 군살 하나 없는 완벽한 근육질의 몸매입니다.

그는 꿈에 그리던 이상형을 만나 결혼에 골인했고, 그의 결혼 생활은 완벽할 정도의 사랑과 행복으로 충만해 있습니다.

그는 부자입니다.

그가 사는 집은 시가로 40억 원이 넘는 호화주택이며, 그가 일 년에 벌어들이는 돈은 웬만한 기업이 일 년 동안 벌어들이는 돈보다 더 많습니다.

그는 세계적인 인물입니다.

그가 써낸 책은 세계적인 베스트셀러로 천만 부 이상 팔렸고, 그의 강연내용을 담은 오디오 테이프는 전 세계적으로 2억 개가 넘게 팔렸습니다.

그는 사회 각계 인사들의 정신적 스승입니다.

포천지 선정 세계 500대 기업의 최고 경영자들, 안드레 아가시와 그렉 노먼 같은 세계 정상급 스포츠 선수들, 마이클 잭슨과 바네사 메이 같은 세계적인 음악가들. 빌 클린턴과 조시 부시 같은 미국 전 현직 대통령들이 그를 정신적 스승으로 모시고 있습니다.

또 한 사람은 실패한 사람입니다.

그는 성공이 자신에게 어울리지 않는다고 생각하고 있습니다.

그에게는 삶의 목표도 희망도 없습니다.

사람들은 그를 가리켜 비만 뚱보. 돼지라고 부릅니다.

그는 고등학교밖에 졸업하지 못했고 가난합니다.

배운 것도 없고, 벌어 놓은 돈도, 부모로부터 물려받은 돈도 없기 때문에 그는 세상사는 것이 두렵기만 합니다.

그의 직업은 빌딩청소부입니다.

멋진 정장을 차려입은 사람들이 근무하는 최신식 빌딩에서 그는 냄새나는 작업복을 입고 하루 종일 걸레질을 하고 변기를 닦습니다.

그는 사랑을 포기한 지 오래되었습니다.

뚱보에 못 배우고, 가난하며 능력도 없는 자신을 여자들이 얼마나 혐오스럽게 생각하고 있는지 익히 경험했기 때문입니다.

사람들이 두렵고 세상 사는 것이 눈물겹기만 한 그가 할 수 있는 일이라곤 매일 밤 자취방에서 슬픈 음악을 틀어 놓고 서럽게 우는 것이 전부입니다.

내 곁에는 아무도 없어요.

아무도 들으려 하지 않고 내 의지조차도 귀를 막아요, 그래요.

나는 울고 있어요. 방황하고 있어요.

왜 아직도 나를 외롭게 내버려 두느냐고 말할 수조차 없어요.

그의 인생은 그가 매일 밤 코를 훌쩍거리면서 따라 부르는 닐 다이아몬드의 노래가사처럼 전개되고 있습니다.

이 두 사람에게는 공통점과 차이점이 있습니다.

공통점은 이 두 사람인 앤서니 라빈스라는 이름을 가진 동일 인물이라는 점입니다.

차이점은 8년이라는 시간차입니다.

실패자 앤서니 라빈스와 성공자 앤서니 라빈스 사이에는 정확히 8년이라는 시간차가 존재합니다.

10년 전에 하지 않았던 일들을 지금 후회하며 사는 것보다 10년 후에는 10년 전의 오늘을 돌아보면서 후회하지 않아야 한다.

그러기 위해서는 내가 진정 가고자 하는 일에 노력과 시간을 투자하여야 한다.

'인생이 불공평하구나'라고 생각이 드는 순간, 불만, 불평할 시간 대신 그 시간을 자신의 목표를 향해 시간을 투자해보자.

또 아는가? 10년 후의 자신의 모습이 앤서니 라빈스처럼 성공한 모습일지? 그것은 노력한 시간의 결과물이다.

시간을 투자하는 방법을 제시해 본다.

첫째, 인생에 늦은 때라는 건 없다.

지금도 나이 탓하거나, 환경 탓하며, 왜 나만 힘들지? 라며 불만 불평하는 데 시간을 보내면 안 된다.

병아리 10마리로 시작한 김홍국은 닭고기 생산 판매 1위 업체 (주)하림의 창업자가 되었다.

막노동꾼 김철호는 기아자동차 창업자가 되었다.

둘째, 행복은 가만히 앉아 있는 다고 오는 것이 아니다.

행복은 적극적으로 나서서 쟁취해야 한다.

그러기 위해서는 달라이 라마의 말처럼 굳은 의지를 갖고 내리는 결단과 부단한 노력 그리고 불행과 맞서 싸우는 시간이 필요하다.

아이 키우는 일 말고도 내가 할 수 있는 일이 무엇이 있을까? 라는 고민을 통해 준비 하면서 무언가를 당장 시작하는 것부터가 행복의 첫걸음이다.

셋째, 항상 배우고 도전하며 부단히 노력해야 한다.

하루하루 자기 계발보단 술 마시고 쇼핑하는데 보내는 5년과 틈틈이 독서와 공부를 하는 5년은 차이가 날 수밖에 없다.

넷째, 목표를 향해 그 시간만큼 투자한다.

꿈을 꾸는 사람들을 만나서 대화를 하다 보면 본인의 열정과 노력을 이루 말할 수가 없다.

내가 하고자 하는 뚜렷한 방향이 있는 자는 어떤 고난과 역경에도 뜻을 꺾지 않는다.

하지만, 어떤 사람은 시간에 무임승차하여, 안일함과 타협하려고 한다.

승자는 시간을 관리하며 살고 패자는 시간에 끌려 산다. - j 하비스 -

다섯째, 시간을 소비하지 말고 투자하자.

시간이 있어서 무언가를 하는 게 아니라, 시간을 내서 내가 원하는 것을 해야 한다.

여섯째, 지금이 아니면 기회는 없다.

적당한 때라는 건 없다. 지금 당장 원하는 일에 시간을 투자해야만 한다.

지금 이 순간은 다시 오지 않는다.

10

우리 삶에 중요한 시간은 현재이다

덴마크식 행복의 열쇠는 바로 휘게(Hygge) 인데, 뜻은 지금 이 순간의 아름다움을 소중히 하는 덴마크 특유의 미학이다.

초라한 오두막에 머물더라도, 더 나은 숙소가 있을 거라는 생각보다는 그곳에서 느낄 수 있는 정취를 즐기라는 뜻이다.

이는 현대인이 시간 빈곤에서 벗어날 수 있는 열쇠이기도 하다.

오늘날 우리는 아직 하지 못한 일에 지나치게 신경을 쓴 나머지 오늘의 삶을 놓치고, 사랑을 놓치고, 지금 이 순간을 놓친다.

그러나 오히려 지금 이 순간에 집중할 때 더 많은 것을 얻을 수 있다.

지금보다 중요한 순간은 과거에도 없고 미래에도 없다.

우리가 순간순간 최선을 다하며 살아야 하는 이유다.

지금 놓친 행복을 다시 돌려받을 수 있는 확률은 없다.

우리는 매일 눈을 뜨면 86400초를 받는다.

그런데 매일 밤 버려진 시간은 그냥 없어진다.

내일을 위해 아껴둘 수도 없다.

어느 시골 한적한 집 쪽문에 多不有時(다불유시)라고 적혀 있었다.

지나가던 도사가 시간은 있지만 많지 않다는 뜻으로 해석하고, 누가 이렇게 심오한 뜻을 문에 적어 놨을까?

분명 학식이 풍부하고 인격이 고매하신 분일 거야! 하여 문을 두드렸다.

잠시 후 러닝셔츠 차림의 할아버지가 나왔다.

할아버지, 이 한자성어를 적으신 분을 뵈러 왔습니다.

내가 썼는데 왜 그러시나?

그러시군요, 이글의 뜻이 무엇입니까?

그러자 할아버지가 퉁명스럽게 말했다.

아, 이거? 다불유시 WC야 변소도 모르시나?

평범함에 안주하고 싶으면 내일, 다음에 미루면 된다.

하지만, 내 인생의 성공을 위해서는 지금, 당장 실천해야 한다.

미래는 네 것이 아니다. 그것은 주어지지 않을 수도 있다. 지금이라는 시간만이 당신을 위한 것이다!

-고대의 해시계 위에 새겨진 말-

과거와 현재 미래 중에서 가장 중요한 것은 현재지만, 이 3가지는 균형을 이루어야 한다.

어제는 무효화된 수표이며 내일은 약속어음이다.

오늘만이 당신이 가지고 있는 현금이다.

그것을 사용하라는 명언이 있다.

지금 못하는 것은 나중에도 못 한다.

그런데 대부분의 사람은 지금 보다 나중을 더 중요하게 생각한다.

나중에 창업해서 내 사업하며 살려고요.

나중에 작은 카페나 공방 차려서 여유롭게 살고 싶어요.

나중에 글 써서 책 내면 좋겠어요

나중에 전 세계 여행하며 살 겁니다.

늘 나중에 라며 미루는 사람들이 많다.

늘 지금 보다 나중에 라며 미루다 보면 기회조차 사라지게 된다.

지금도 없는 돈과 시간이 나중이라고 해서 생길 리 만무하다.

지금의 열정만큼 나중이라는 시간은 나의 열정도 사라지게 만든다.

오늘은 새로운 나로 거듭나기 가장 좋을 때라는 걸 기억해야 한다.

세상에는 중요한 세 가지 금이 있다.

바로 돈을 상징하는 황금과 음식을 상징하는 소금, 시간을 상징하는 지금이다.

어느 남편이 이 말을 듣고 선 너무 의미 있다고 생각해서 부인에게 문자로 물어보았다.

여보, 세상을 살아가는데 꼭 중요한 세 가지 금이 있다는데 뭐라고 생각하나?

잠시 후 부인에게 답장 문자가 왔다.

현금, 지금, 입금 이 문자를 보고 남편이 입을 쫙 벌리며 다시 문자를 보냈다.

방금, 쪼금, 입금.

대부분의 사람은 시간보다 돈을 선호한다.

하지만 시간이 없으면 돈도 벌지 못한다.

이 순간이라는 시간의 재료를 어떻게 쓰는지는 우리들의 몫이다.

현재라는 시간을 좀 더 잘 보내기 위한 방법을 제시해 본다.

첫째, 오늘의 일을 내일로 미루지 않는다.

내일 하면 되지, 나중에 하면 되지 라며 뒤로 미루는 습관을 버리고 오늘 당장 끝내는 습관을 갖는다.

철강 왕으로 유명한 앤드류 카네기는 내일은 없다고 생각하고 살아라.

오늘이 내일이다, 라는 말을 했다.

둘째, 하루 일과를 일찍 시작한다.

미국은, 이른 아침부터 시작해서 업무를 마치면 제시간에 퇴근한다.

그와 반대로 우리나라는 근무시간도 길고, 야근과 주말 근무를 하는 데에도 불구하고 생산성이 떨어진다.

미국회사들은 보통 아침 7시에 출근하여 오후 5시에 퇴근한다.

우리나라는 야근과 주말 근무 등 초과 근무를 밥 먹듯 한다.

즉, 아침 일찍 출근하여 하루를 시작하는 것이 효율적이라는 말이다.

셋째, 오늘 무조건 시작하자.

꾸물대다간 오늘 하루의 시간은 그냥 버리는 아까운 시간이 돼 버린다.

일단 뭐라도 시작하면, 시작이 반이 되고, 목표가 완성될 때까지 계속하게 된다.

〈행동하라〉의 저자 스티븐 프레스필드는 생각하고 준비할 시간에 계획을 지금 당장 행동으로 옮기라고 말한다.

성공하고 싶은가? 앞으로 나아가고 싶은가?

그렇다면 생각을 멈추고 지금 당장 시작하라고 설명 한다.

넷째, 나를 변화시킬 수 있는 시간에 투자한다.

시간은 결코 나를 기다려 주지 않는다.

하루하루의 주어진 시간의 재료를 보석처럼 가꾸며 살아간다.

다섯째, 오늘 하루를 소중하게 생각한다.

〈어바웃 타임〉이 영화의 마지막에 팀은 이런 말을 한다.? '그저 내가 이날을 위해 시간 여행을 한 것처럼, 나의 특별하면서도 평범한 마지막 날이라고 생각하며 완전하고 즐겁게 지내려고 노력할 뿐이다,

여섯째, 오늘 한 번에 한 가지 일을 하자.

하이만 유다 샤하텔 박사는 이렇게 말했다.

한 번에 한 가지 일을 계획하고, 그것을 끝까지 해내도록 자기 자신을 훈련하자.

포기하지 않고, 끝까지 해내는 습관을 기른다면, 일을 미루는 습관이 없어질 것이다.

오늘이 생의 마지막 날인 것처럼 살아라. - 애플 전 CEO 스티브 잡스 -

열심히 공부하는
부모 아래에서 자란 아이는
부모의 모습을 그대로
보고 배우게 되었다.

CHAPTER

04

현명한 엄마는 사교육보다
시간 교육을 한다

66

아이의 시간을 다 빼앗아
관리해주다 보면,
나중에 커서 성인이 되어서도
엄마에게 의지하게 된다.

99

01

⌄

아침 시간 10분, 하루 중에 가장 중요하다

⌄

아침을 일찍 시작하는 습관 덕분에, 아이들도 새벽 6시가 되면 기상을 한다.

그러다 보니 아침 시간은 부산 떨지 않고, 하루를 차분하게 준비할 수 있다.

생수 한 컵으로 하루를 시작하는 아이들은, 아빠와 식사를 한 후, 10분~20분의 독서 시간을 갖는다.

고작 10분~20분이지만, 그 시간 동안 아이들의 독서 습관도 자리 잡혔다.

내가 퇴근해서 집에 오면, 아침에 읽고 간 책들이 뒤집어져 있다.

요즘 아이들은 학교 끝나고 학원가기가 바쁘다 보니, 책 읽을 시간도 턱없이 부족하다.

하루의 시간도 대부분 학원가는 걸로 채워져 있다 보니, 책과 친해질 기회가 없다.

아이들을 학원에 보내기 위해 책 읽을 시간을 빼앗아 버리는 부모가 되지 않아야 한다.

책 속에 길이 있고, 독서가 곧 국력이라는 말이 있다.

국민의 독서량은 곧 국가 경쟁력과 직접적으로 연결된다는 말이다.

그뿐만 아니라, 독서능력이 바탕이 되면 다양한 사고능력과 이해능력이 향상되어 공부에도 도움이 된다.

정말 중요한 것은 학원에 가서 하기 싫은 공부를 할 것이 아니라, 자유롭게 독서를 하며 사고력을 키우는 것이라 생각한다.

아이 셋을 키우다 보니, 사실 사교육 할 비용도 만만치 않다.

그래서 비용이 적게 드는 독서교육을 선택했고, 덕분에 아이들이 책과 친구가 되어서 정말 좋다.

우리 집은 가족 모두 책 읽는 시간이 정해져 있을 만큼 책을 좋아한다.

자연스럽게 책과 가까워질 수 있는 환경을 마련해 주었고, 한 달에 한 번씩 서점에 가서 함께 책을 구입 한다.

대구광역시 교육청에서는 2005년의 중점 추진 사업으로 책 읽기 운동을 선정하였다.

이를 위한 학교의 실천 방안으로 아침 독서 운동을 주목하여 적극적으로 전개하고 있다.

대구의 윤보연 학생의 인터뷰를 보면 아침 독서를 통해 책을 올해만 15권 정도를 읽었다고 한다.

또한, 책을 읽으면서 자연적으로 여가시간을 책 읽는 시간으로 투자했더니, 게임 시간이 절반 가량으로 줄었다고 한다.

아침 독서는 하루에 단 10분을 투자하여 자신을 바꿀 수 있는 시간이라고 말한다.

독서뿐 아니라 운동을 함으로써 아침 10분을 활기차게 시작할 수도 있다.

운동을 10분이라도 꾸준히 하면 심폐기능이 향상되고, 골격근이 발달되며 혈액순환이 촉진되는 등 우리 몸을 튼튼하고 건강하게 만든다.

신체적인 발달 외에도 정신적인 스트레스를 줄이는 효과도 있다.

2000년 10월 듀크 대학의 과학자들이 뉴욕 타임즈에 발표한 연구 결과에 따르면 운동이 항우울제인 졸로프트보다 더 효과적이라고 한다.

또한, 하버드대 의대 정신과 교수인 존 레이티 교수는 운동의 진정한 목적은 뇌의 구조를 개선한다는 것이다.

운동이 생물학적 변화를 촉발해서 뇌세포들을 서로 연결시킨다는 것이다.

2005년 미국 일리노이주 네이퍼빌 센트럴 고등학교에서는 0교시에 체육 수업이 시작됐다.

체육 교사인 필 롤러는 학생들의 체력이 날로 나빠지는 것에 의문을 품고 체육 시간에 학생들의 움직임을 면밀히 관찰했다.

그 결과 학생들 개인별로 실질적으로 움직이는 시간이 턱없이 부족하다는 것을 알게 되었다.

그는 매일 아침 학생들을 정규수업 전에 심장박동 측정기를 단 채운동장을 1.6km 정도 달리게 했다.

교사 필 롤러는 특히 읽기 능력이 부족한 학생들을 상대로 일 년간 0교시 체육 수업을 진행했다.

그 결과 읽기 능력뿐 아니라 모든 학습 능력, 즉 집중력, 기억력, 수업 태도까지 좋아졌다.

이후 체육 수업을 받은 학생들은 그렇지 않는 학생들보다 읽기 능력이 17%나 향상됐다.

또 운동 이후 네이퍼빌 센트럴 고등학교 학생들은 세계 학생들이 참가하는 학업성취도 평가 팀스에서 과학 1등, 수학 6등을 기록하여 적절한 체육 활동이 학습에 도움이 됨을 입증했다.

이후 이 프로그램을 미국 전역으로 확대하자는 붐이 일었다.

운동을 통해 아이들의 집중력이 향상되었다는 증거를 보여준 결과다.

뿐만 아니라, 화동초 모 학교는 정규 수업 전에 10분 정도 수학을 집중적으로 공부한다고 한다.

칠판 옆 텔레비전 모니터 화면에 수학 문제 다섯 개가 뜨고 문제를 확인한 아이들은 책상에 엎드려 문제를 풀기 시작한다.

조금 소란스럽던 교실 분위기는 사라지고 노트에 문제를 푸는 연필 소리만 가득하다.

그동안 담임선생님은 교실을 돌아다니며 아이들 상황을 체크한다.

문제를 다 푼 아이들은 연필을 내려놓고 다시 책을 읽는다.

매일 출제되는 다섯 문제는 이미 배웠던 내용으로 아이들은 수업시간에 충분히 공부한 것들이다.

아이들이 문제를 다 풀고 나면 모니터에 정답이 뜬다.

아이들은 모니터와 노트를 번갈아 확인하며 스스로 채점을 한다.

담임선생님은 채점을 마친 노트를 모아, 수리 향상 그래프를 작성하고 그것을 노트에 표시해준다.

통과 문항 수를 그래프에 그리면 지난번 문제 풀이 수준과 비교 할 수 있다.

특이한 점은 채점은 원칙적으로 아이들이 한다는 것이다.

스스로 채점하게 하는 이유는 알아서 공부하는 습관을 길러주기 위해서이다.

성 교감은 10분 수업 성과에 대해 이렇게 평가한다.

아침에 등교해서 명상과 독서, 아침 10분 수학 문제를 푸는 동안 아이들은 스스로 여러 가지 방법으로 몸과 마음을 풀려고 노력합니다.

10분 수학을 지속적으로 해온 이 학교 아이들은 10분 활동의 규칙을 이미 알고 있고 몸에 배어 있기 때문에 10분을 매우 효과적으로 활용한다.

아침 시간 10분을 잘 보내기 위한 방법을 제시해 본다.

첫째, 아침에 일찍 일어나기 위해, 밤에 일찍 잠자리에 드는 습관을 갖게 한다.

일찍 자고, 일찍 일어나는 습관은 공부를 잘하는 지름길이다.

아침은 두뇌의 움직임이 가장 활발하고 집중력이 높은 시간대이다.

아침 시간 10분만 투자하더라도, 독서뿐 아니라 평소 어렵게 생각한 과목이나, 고도의 집중력이 필요한 문제를 풀기에 적당하다.

즉, 아침 10분의 활용은 오후 2시간과 맞바꿀 정도로 집중력과 기억력이 오래 간다.

둘째, 좋은 책 1권의 보약을 준다.

아이에게 아침 시간 동안 책이라는 보약을 주는 부모가 되어보자.

하루라도 책을 읽지 않으면 입안에 가시가 돋는다는 안중근 의사의 말처럼, 아이들을 위해 아침시간 동안 책이라는 보약을 먹이는 부모가 되어보자.

셋째, 잠들기 전 스마트 폰을 멀리하자.

불 꺼진 방에서 스마트 폰을 사용하는 것은 숙면에 가장 큰 방해가 된다.

스마트 폰 화면의 강한 빛이 시신경을 자극해 우리 몸이 마치 대낮인 것처럼 착각하게 된다.

잠자기 두 시간 전부터는 스마트 폰을 사용하지 않는 습관을 갖도록 한다.

숙면은 아침 시간을 잘 보내기 위한 중요한 요소이다.

넷째, TV를 끄자.

거실에 대형 TV 두고, 아침 시간을 TV 소리로 시작하면 곤란하다.

TV를 없애는 게 가장 좋지만 그럴 수 없다면 안방으로 옮기고, 텔레비전 시청 시간을 정해야 한다.

얼마 전 EBS에서 20일 동안 텔레비전 끄고 생활하도록 한 뒤, 텔레비전이 현대인의 일상에 어떤 영향을 미치는지 실험을 했다.

실험자들은 스스로 생각할 기회가 생겼고, 하루가 무척 길었다는 게 공통된 느낌이었다.

아침에 일어나서 하루를 대화로 시작하는 가족이 되어야 한다.

다섯째, 부모가 아침 시간의 모범이 되어야 한다.

책을 읽거나 공부하는 부모의 모습을 아이들이 본다면, 아이도 따라서 할 수밖에 없다.

책 읽는 부모의 아이들은 가만 내버려 둬도 자연스럽게 책과 친해지게 되어 있다.

02

나의 아이 성공의 시간은 주도적 학습이다

〈사교육 1번지 대치동 엄마들 입시전략〉에서는 대입 성공 키포인트로 사교육 99% 학교 교육 1%라는 글귀로 사교육의 중요성을 강조하며 공교육을 처참히 짓밟고 있다.

그러나 현실은 사교육 1번지라 뽐내는 강남 학원가도 학원 폐업이 늘어나고 있다.

이유는, 자기 주도 학습법 때문이다.

교육과학기술부나 각 시도 교육청에서도 자기 주도 학습 시범학교를 만들어 교사 연수까지 하고 있다.

여러 학교에서도 이에 발맞추어, 너 나 할 것 없이 자기주도 학습에 땀을 쏟고 있다.

이는 모두 '자기 주도 학습'이 사교육을 뿌리 뽑고, 스스로 공부하는 습관을 길들이기 위한 '매개'라 여기기 때문이다.

자기 주도 학습의 개념을 보면 자기 주도적 학습은 기본적으로 학습자 스스로가 첫째 학습 동기 유발, 둘째 학습 목표 설정, 셋째 학습 방법선택, 넷째 학습자원 관리, 다섯째 학습결과 평가 등 일정한 과정을 거치는 것이다.

첫째, 학습 동기를 가지도록 해야 한다. 동기 유발은 학습의욕을 불러일으켜 지속적인 공부 습관으로 자리 잡을 수 있게 한다.

둘째, 학습 목표를 세워야 한다. 자신이 주어진 시간동안 도달해야 할 공부 목표를 세워야 한다.

즉, 목적지가 정해져 있는 배를 타야 원하는 시간에 원하는 목적지에 도착할 수 있다.

목적지가 정해져 있지 않은 배를 타게 되면, 원하는 시간에 도착할 수도 없고, 심지어 바다에서 표류할 수도 있다.

셋째, 학습 전략을 알려줘라.

공부의 규칙인 공부방법 즉, 학습 전략이다.

예를 들어, 노트필기 방법, 수업 듣는 방법, 예습과 복습 방법 등 자신과 맞는 방법을 찾아야 한다.

넷째, 학습 자원을 효율적으로 관리하게 하라.

학습자를 둘러싸고 학습에 영향을 주는 자원으로는 크게 인적자원과 물적 자원이 있다.

인적 자원으로는 교사나 부모, 학원 강사 등이 있고, 물적 자원은 공부할 때 영향을 미치는 공부방, 책상, 의자, 인터넷강의 등이 있다.

다섯째, 학습 결과를 평가할 줄 알아야 한다.

학습 결과 평가는 공부를 마친 후 스스로 목표 도달 여부, 학습 방법은 적절했는지, 자원의 관리는 제대로 되었는지 등을 평가하는 것이다.

플래너를 이용하여 엄마와 함께 연간, 월간, 일간으로 계획하고, 평가하는 방법도 좋다.

워킹맘으로서 아이 셋을 키우는 육아맘 이다 보니, 학원교육이 아닌 스스로 계획을 세워 꾸준히 실천하도록 했다.

큰 아이의 경우는 올해 초등학교 5학년인데 주위에선 영어는 기본이고, 수학, 논술 등 기본 2~3개는 사교육 시키는 분위기이다.

그런 아이들과 대조적으로 우리 집은 하교 후, 자신의 계획표대로 실천하고 스스로 평가 리스트를 작성한다.

예를 들어 수학문제집 풀기가 있는데, 친구 생일파티 가느라고 못한 경우는 x 라고 체크하고, 대신 주말에 보충한다.

어려운 문제나 이해가 되지 않는 문제도 별 표시를 해놓고, 저녁에 엄마나 아빠에게 물어본다.

모든 걸 아이 스스로 계획해서 할 만큼만 하기 때문에, 자유시간도 많다.

자신이 세운 계획이다 보니 하기 싫은 내색도 없고, 많은 분량의 공부가 아니다 보니 스스로 잘한다.

그 후의 자유시간은 독서도 하고, 친구들과 축구, 자전거를 탄다.

아직 초등학생이라 평가를 하기엔 이르지만, 학원 다니는 아이들보다는 공부에 실증을 느끼지 않는 것 같다.

학원에 익숙해진 학생들은 응용문제는 거의 손을 안 대려고 한다고 한다.

과정에 충실하지 않고, 결과가 맞았는지 틀렸는지에만 관심을 두기 때문이다.

과정보다 결과만 치중하다 보니, 쉬운 문제만 고집하게 되며, 학원에서 하라는 대로 하는 기계적 학습을 하게 된다.

해외 거주 경험은 물론이고, 한 달 이상 어학연수를 받아 본 적도 없었던 원희양은 인사고에 입학하고 미국 10개 명문대에 동시에 합격한 엘리트다.

그 비결에 대해 원희양은 중학교 때부터 습관적으로 스스로 계획을 세워 공부한 덕분이라고 밝혔다.

원희양은 자신의 계획표대로 실천하다 보니, 어느덧 자투리 시간도 무언가 하게 된다고 했다.

쉬는 시간 화장실에 가는 동안 영어 단어 하나를 더 외우고, 급식실에서 줄을 서 있을 때도 영어 문장을 암기했다는 것이다.

주도적으로 자신의 시간을 관리하다보니, 어느덧 공부에 자신감도 생겼고, 욕심도 생겼다.

그뿐만 아니라 수업시간에 선생님 말씀을 최대한 집중해서 들으며, 노트 필기도 자기 나름의 방법으로 이해하고 필기했다고 한다.

자기 주도 학습을 성공으로 이끌기 위해서는 부모의 적극적인 관심과 지지 또한 중요하다.

가장 중요한 역할을 하는 학부모들은 아직도 자기 주도 학습에 대해 정확히 알지 못한 채, 헬리콥터맘을 자청한다.

말로는 우리 아이들이 공부도 스스로 하고, 자기 일도 알아서 했으면 좋겠다고 말한다.

실제로는 아이의 모든 스케줄을 관리하며, 아이의 시간을 엄마가 관리하고 있으면서 말이다.

지방에 살다가 신랑 직장을 따라 수도권에 3년 정도 살 때였다.

만나는 사람마다 아이 교육은 어떻게 하고 있는지? 우리 아이는 다섯 살인데, 아직 한글도 몰라서 걱정이다. 영어 교육도 시켜야 한다는 등 온통 엄마들의 고민은 아이들이었다.

심지어 유치원 학부모 모임에 참석하여 식사하는데, 영어 잘 가르치는 선생님이 있다며 비용은 얼마고, 강남에서 유명하다는 등 쓸데 없는 이야기뿐이었다.

아이 교육을 위해 물불 안 가리는 엄마들을 보면서, 이래서 엄친아, 엄친 딸이 나오는 구나 라는 생각이 들었다.

모든 시간과 돈을 아이들을 위해 헌신하는 엄마들을 보면서 많은 생각이 들었다.

자연스레 멀어진 그 부류의 사람들은 대한민국 사교육의 대표 주자 가 되어 지금도 어디에선가 아이들의 스케줄을 관리해주고 있을 것이 다.

아이의 시간을 다 빼앗아 관리해주다 보면, 나중에 커서 성인이 되 어서도 엄마에게 의지하게 된다.

회사에서 밥 먹을 때도 전화해서 엄마 이거 먹을까? 저거 먹을까?

자기 주도 학습을 하면 어떤 좋은 점이 있는지 알아보자.

첫째, 자기 주도 학습은 시간적으로 여유가 생긴다.

학습효과가 높아지기 때문에 시간적으로 여유가 생기며, 그 여유시 간 동안 특기 적성을 개발할 수 있다.

또한 스스로 계획을 세워서 실천하기 때문에 스트레스도 덜 받는 다.

둘째, 자기 주도 학습은 창의력이 향상된다.

스스로 학습함으로써, 모르는 것을 알기 위해 생각하는 힘이 길러진다.

따라서 문제해결 능력이 향상되며, 탐구하는 자세로 임하기 때문에 원리를 쉽게 이해하게 된다.

셋째, 학습 효과와 학습의 질이 높아진다.

수동적 학습보다 능동적 학습을 함으로써, 명확한 학습 목표를 가지고 문제점을 해결하기 때문에 학습한 내용을 오래 기억하게 되고 학습의 질 또한 높다.

넷째, 자신감을 갖게 된다.

과외를 통해 5등 한 아이와 스스로 학습하여 5등 한 아이를 놓고 비교했을 때, 후자의 경우가 성적이 더 향상될 가능성이 크다.

스스로 할 수 있다는 자신감을 갖게 됨으로써, 매사 적극적인 사고를 가지게 된다.

다섯째, 사교육비 지출이 줄어든다.

자기 주도 학습을 함으로써 사교육비가 줄어들고, 그 비용을 여행이나, 아이가 원하는 곳에 투자할 수 있다.

여섯째, 독립심이 강해진다.

엄마가 해주기를 바라는 게 아니고, 아이 스스로 자신의 인생을 개척함으로써 성숙한 사람이 되는 데 도움이 된다.

주도적 학습을 통해 스스로 아이가 성장하는 방법을 제시해 본다.

첫째, 가족 공부방을 만든다.

텔레비전이나, 오락기계가 아닌 어릴 때부터 자녀와 함께 가족 모두가 각자의 책상에서 공부하며 자연스럽게 학습 분위기를 조성해준다.

둘째, 아이의 내적 동기를 키워줘라.

아이 스스로 내적 동기를 가질 수 있도록 어떤 목표를 갖고 살아가야 하는지, 무엇을 하고 싶은지 물어본다.

마음의 근육을 키워주기 위해 아이와 눈을 맞추며 많은 대화를 나누고, 성적이 낮더라도 늘 믿고 격려해주는 부모가 되어야 한다.

1등 하면 뭐 사줄게라는 식의 부모의 강압적인 학습을 통한 외적 동기는 결코 성공한 자녀를 만들지 못한다.

셋째, 아이들의 꿈과 목표를 지지해주는 부모가 되자.

어린 왕자의 생텍쥐페리는 이렇게 말했다.

만일 당신이 배를 만들고 싶다면 사람들을 불러 모아 목재를 가져오게 하고, 일을 지시하고, 일감을 나눠주는 등의 일을 하지 말라.

대신 그들에게 저 넓고 끝없는 바다에 대한 동경심을 키워줘라.

남의 지시로 마지못해 일하는 사람과 바다에 대한 동경심이 넘쳐 자발적으로 일하는 사람, 둘 중 누가 더 아름답고 튼튼한 배를 만들까?

지나친 학업 부담으로 꿈조차 없애는 엄마가 되지 않기를 바란다.

넷째, 스톱워치 학습법으로 학습의 효율성과 집중도를 높이자.

자기 주도 학습을 잘하기 위해서는 스톱워치 등을 이용하여, 주어진 시간을 효율적으로 보내야 한다.

모 초등학교 3학년 어린이 10명을 상대로 실험을 해보았다.

이들을 두 팀으로 나누어 40개의 들꽃 이름을 외우게 했다.

한 팀은 10분 동안 스톱워치를 이용하여 외우게 하고, 다른 한 팀은 그냥 외우게 했다.

10분 후 얼마나 기억하는지 테스트를 했다.

시간을 제한한 그룹은 총 30개의 들꽃 이름을 외웠고, 그렇지 않은 그룹은 17개를 외웠다.

시간을 정하지 않고 학습한 그룹은 시간이 지남에 따라 집중 지표 값이 점차 감소했다. 언제 까지해야 한다는 제한이 없기 때문에 여유를 부리기에 십상이다.

반면 시간을 정해준 그룹은 집중 지표 값이 처음에는 떨어졌지만 곧 올라갔다.

똑같이 공부해도 정해진 시간 안에 해내고 말겠다는 동기가 작용할 경우 우리 뇌에서는 도파민을 분비하여 더 집중하게 된다.

다섯째, 학원이나 과외보다는 인터넷 강의를 200% 활용하라.

인터넷 강의를 통해 스스로 공부하는 습관을 갖게 되고, 자기 조절

능력을 갖추게 된다.

학원은 배우는 시간만 있을 뿐, 아이 스스로 익히고 자기 조절 능력이 없다.

학원에서 시키는 대로 쫓아가면 되고, 엄마가 스케줄을 조정해 주기 때문에 스스로 생각하지 않게 된다.

여섯째, 자기 주도 학습의 기본은 독서다.

"세계 최고 갑부인 마이크로 소프트학교의 빌 게이츠도 동네 작은 도서관이 '지금의 나'를 만들었다"고 했고, "인생의 밑바닥에서 가장 성공한 여성으로 손꼽히는 토크쇼의 여왕 오프라 윈프리도 독서 때문에 지금처럼 성공하게 되었다"고 했다.

멀티미디어는 사물에 대해 고정된 한 가지 이미지만을 보여주어 수동적인 학습인 반면에, 책을 읽으면 사물의 이미지나 장면을 내 마음대로 상상하는 능동적인 학습이 될 수 있다는 것이다.

일곱째, 책상에 앉아 있는 훈련을 해보자.

우리가 처음 헬스클럽에 가서 런닝머신을 타면서 천천히 워밍업 운동을 하듯이, 책상에 앉아 있는 시간을 조금씩 늘리는 것이 좋다.

그런 다음 일주일간 계획을 세우고, 책상 앞에 눈에 보이도록 붙여 놓으면 스스로 학습할 수 있는 동기부여가 된다.

03

공부 잘하는 비결은 자투리 시간 활용이다

황금이나 보석은 아무리 작은 조각이라도 버리지 않는 이유는 가치가 있기 때문이다.

시간도 황금처럼 버리지 말아야 하는 이유는 하루 15분만 더 활용하더라도 1년 365일보다 11일을 더 벌 수 있다.

요즘은 언제 어디서나 인터넷 접속을 할 수 있고, 드라마나 영화도 쉽게 볼 수 있으니 편리하고 좋은 세상인 건 틀림없다.

그러나, 그런 편리성 뒤엔 아이들은 과거에 비해 상상력, 창의력, 사고 능력 등이 많이 부족하다.

그런 능력들을 기르기 위해선 차분히 앉아서 생각할 시간도 있어야 하고, 책도 많이 읽어야 하는데, 잠시라도 자투리 시간이 생기면, 할 수 있는 것들이 너무 많다.

컴퓨터, 휴대용 게임기, 스마트 폰은 어디서나 시간을 보낼 수 있는 도구가 되어주고, 그런 유혹을 뿌리치기가 쉽지 않다.

그러다 보니, 자투리 시간이 생기더라도 무의미하게 흘려보내거나, 중요하지 않는 일을 하면서 의미 없이 보내기 쉽다.

중학생들의 자투리 시간을 살펴보자.

학생들은 학교 오가는 데 걸리는 시간은 30분 남짓, 조회·종례시간 각 10분, 쉬는 시간 총 100분(=10분×10회·하루 7교시 수업)·등 하루의 자투리 시간이 최소 2시간에서 많게는 3~4시간 까지 된다.

보충학습 2교시·야자 3시간 기준, 점심시간 20분 안팎, 그리고 수업시간 내 '숨은' 시간을 모은 90여분(=1교시 당 약 10분×9회)까지…. 이 시간을 합하면 약 5시간으로 야자시간을 훌쩍 뛰어넘는다.

여기에 '예기치 않게' 생기는 자율학습시간까지 더하면 하루 공부시간은 더 늘어난다.

자투리 시간을 제대로 활용하기 위해서는 이 시간에 어떤 공부를 할지 미리 계획을 세워둬야 한다.

미리 계획을 세우지 않으면 막상 시간이 생겼을 때 '무엇을 할까' 생각만 하다가 아까운 시간을 그냥 흘려보낼 수도 있기 때문이다.

우리 집 아들은 학교 다녀와서 숙제를 집에서 한 적이 없다.

선생님이 숙제를 내주시지 않는다고 생각했었는데, 부모 상담 시간에 그 이유를 알 수 있었다.

아들은 쉬는 시간에 숙제를 다 하기 때문에 집에서 숙제할 필요가 없었다.

선생님은 다른 아이들은 쉬는 시간을 활용하지 못하는데, 우리 집 아이는 틈틈이 숙제를 한다며 칭찬을 했다.

아들의 말에 따르면, 쉬는 시간 10분만 활용해도 충분히 숙제를 다 할 수 있다고 했다.

그래서인지, 남들보다 자유시간을 더 많이 확보할 수 있고, 숙제를 위해 책을 들고 다니지 않아도 되었다.

성빈이는 쉬는 시간에 영어단어를 외운다.

방학 동안에는 매일 단어 외우기를 했는데, 개학 후에는 좀처럼 틈이 나지 않자, 쉬는 시간을 택한 것이다.

'10분 동안 하나는 외우겠지' 라는 생각으로 큰 기대 없이 시작했지만, 요즘은 방학 동안 외웠던 분량을 매일 그대로 채우고 있다.

쉬는 시간과 점심시간을 이용하여 외우고, 집에 가서 잠들기 전에 그날 외운 단어를 다시 복습한다.

무엇보다 단어 외울 시간을 따로 내지 않아도 되어서 대만족이다.

자투리 시간을 잘 보내기 위한 방법을 제시해 본다.

첫째, 영어 단어나 한자를 카드 형태로 만들어 벽에 10~20개 정도 붙여 놓고 1주일씩 바꿔준다.

잠자리에 들거나, 일어날 때, 무심코 보게 되고 그러다 보면 외워지게 된다.

둘째, 수업시간에도 '숨어있는' 시간이 있다.

수업 종이 울린 뒤 담당교사가 교실에 오는 데까지 5분 정도 걸린다.

지난 시간에 배운 내용을 훑어보거나, 교과서 목차 또는 주요개념을 미리 읽어둔다.

학습 흐름을 미리 파악할 수 있어 수업을 따라가기가 수월하다

셋째, 등하교 시간은 영어 듣기를 '마스터' 하는 시간으로 활용한다.

문장 단위로 끊어 들은 후, 입으로 바로 따라 하다 보면 어느 순간 실력이 늘어난다.

넷째, 아침 자율 학습시간이나 조회시간을 활용해 학습계획표를 작성한다.

그날그날 학교수업 변경에 맞춰 시간대별 학습량을 세우면 낭비되는 시간을 최소화할 수 있다.

다섯째, 화장실에 책이나 신문을 놓아둔다.

여섯째, 수업 마치기 전 3분정도 핵심 단어 중심을 떠올리며 정리

한다.

배운 내용을 순서대로 떠올려 보는 과정에서 아는 것과 모르는 것을 구분하거나 놓친 것은 무엇인지 확인하면서 점검할 수 있다.

일곱째, 친구와의 약속장소는 서점 근처에서 한다.

기다리는 동안 책을 읽을 수 있고, 자투리 시간을 효율적으로 보낼 수 있다.

그리고 외출할 때는 늘 가방에 책 1권 정도 가지고 다닌다.

여덟째, 수업과 수업 사이에 생기는 자투리 시간을 활용한다.

수업 종이 끝나기 무섭게 책과 공책을 집어넣고, 쉬는 시간에 수다를 떠느라 정신이 없다.

수업과 수업 사이의 쉬는 시간을 예습이나 복습시간으로 활용하면 그 이상의 큰 효과를 거둘 수 있다.

중요한 것은 다시 한번 보고 형광펜으로 표시해 두면 나중에 시험 공부 할 때도 유리하다.

04

시간을 효율적으로 보내는 공부습관 만들기

요즘 학생들 사이에서 유행하는 월화수목금금 금 이라는 말이 있다.

새벽부터 심야까지 공부하는 것도 모자라 주말과 휴일도 없이 보내는 삶을 보여주는 말이다.

우리나라 청소년의 1주일 학습시간은 49.4시간으로 OECD 국가 중 단연 1위다.

핀란드 학생의 1.7배에 이르는 하루 10시간 이상의 시간이 소모적이고 비교육적인 학습 노동에 시달리고 있으며, 행복 지수도 10점 만점에 6.36점을 기록했다.

행복지수가 낮은 주원인은 과도한 학습 시간과 성적 스트레스였다.

우리나라 학생들은 정규 수업시간은 물론이고, 방과 후 학교 및 사교육 시간도 단연 1위였다. 이렇게 책상에서 보내는 시간이 많다 보니 운동량은 세계 최하위였다.

무조건 책상 앞에서 오래 앉아 있고, 밤까지 공부한다고 해서 성적이 오르는 것도 아니다. 아이들은 스트레스만 쌓여서 결과적으로 삶의 질이 낮아지며, 그로 인해 행복지수도 낮게 된다.

어느 날, 우리 집에 놀러 온 아들 친구들 몇 명에게 물어보았다.

'애들아 학교에서 공부하는 게 즐겁니?'

'아뇨.. 재미없어요.. 지겨워요.'

'그런데 왜 학교에 다니니?'

'글쎄요 학교는 의무 아닌가요? 남들 다 다니니깐요. 친구들하고 만날 수 있으니깐요.

학교 안 다니면 엄마가 혼내요. 저희 엄마는 아침에 배 아프다고 하면 학교 가기 싫어서 꾀병 부린 줄 알아요....'

'그럼 공부는 왜 하니?'

'좋은 대학 가려면 공부해야 한다고 해서요.'

'누가?'

'엄마가요, 선생님이요.'

우리사회뿐 아니라 부모들은 공부가 중요하다고 외치면서 아이들에게 공부를 왜 해야 하는지, 어떻게 해야 하는지, 방법을 알려주지 않은 채 무조건 하라고만 한다.

그렇게 해서 성적이 오르고, 원하는 대학에 가면 뭐하는가?

과정이 너무 힘들다 보니, 삶의 질도 떨어지고 중간에 포기하는 사람도 많다.

또한 공부는 지긋지긋한 것이라 생각하다보니 원하는 대학에 입학한 순간, 목표도 없이 방황하는 경우도 많다.

과거나 지금이나 공부를 잘해서 원하는 대학에 들어가서 좋은 직업을 가지는 게 최고라고 생각한다.

하지만, 다가오는 미래에는 평생직장이라는 말도 우리가 소위 말하는 좋은 직업이라는 것도 사라지게 된다고 한다.

4차 산업혁명은 지난 1월 세계경제포럼(WEF)의 전 세계적 화두로 떠올랐다.

WEF의 보고서 가운데 눈에 들어오는 대목이 한 가지 있다.

바로 현재 7세 이하 어린이가 사회에 나가 직업을 선택할 때가 되면 65%는 지금은 없는 직업을 갖게 될 것이라는 점이다.

앞으로 뛰어난 인공지능을 지닌 기계가 현재 우리의 일자리를 다 뺏을 거라는 이야기다.

그러면 앞으로 우리 아이들에게 해줘야 하는 교육은 공부해서 좋은 대학 가야지.. 좋은 곳에 취업해야지..가 아니다.

아이들 스스로 자신이 원하는 공부, 적성에 맞는 공부를 해서 자신이 원하는 행복한 인생을 살 수 있도록 해야 한다.

우리의 생각과 행동의 90%는 습관에 의해 좌우된다고 한다.

습관은 우리가 큰 힘을 들이지 않고도 행동을 할 수 있게 하며, 우리의 삶을 편리하고 생산적으로 만들어준다.

아이들의 공부 습관도 아이 스스로 목표가 있다면, 계획을 세워 실천하는 습관을 갖게 된다.

즉, 부모의 잔소리가 아닌 아이들 스스로 공부 습관을 만들어야 한다는 것이다.

그렇다면 어떻게 아이들에게 공부습관을 만들어 주어야 할 것인가?

공부의 신 강성태씨는 공신들은 '저절로 공부하게 만드는 강력한 공부 습관의 힘'을 가지고 있다는 사실을 발견했다.

『강성태 66일 공부법』은 66일간 지속하면 단박에 성적을 올릴 수 있다고 했다.

세계적인 명문 대학 유니버시티 칼리지 런던에서 심리학자 필리파 랠리와 그의 팀이 진행한 연구에서 밝혀낸 결과에 따르면 '66일'은 특정 행동을 반복했을 때 습관으로 만들 수 있는 시간이라는 것이다.

실제로 많은 학생에게 실천해 보게 한 결과 공부 습관을 만들고 자신감을 찾는데 66일, 약 9주의 시간이 걸렸다고 한다.

습관으로 자리가 잡게 되면, 스스로 원하는 공부를 통해 목표를 향한 도전을 하게 된다.

우리 집은 학교에 다녀와서 자신이 세운 계획표대로 실천한다.

독서 교육을 실천하기 위해 하루 1시간 독서 시간을 갖고, 공책에 간단한 줄거리, 느낀 점, 나라면 어떻게 했을까? 등 필기하는 시간을 갖는다.

이 또한 처음부터 잘하는 건 아니었다.

습관으로 자리 잡게 하기 위해서 강성태씨가 추천하는 66일의 공신 습관 달력을 응용했다.

2017 윤세현 성공 66일이라고 쓴 후, 1일부터 66일 칸을 만들어 자신이 이루고 난 후에는 자신이 원하는 상품 1가지를 보상해 주었다.

결과는 성공적이었고, 아이들 스스로도 눈에 보이는 달력을 보면서 뿌듯함과 자신감을 갖게 되었다.

물론 아이들에게만 적용하는 것이 아니고 가족 모두가 동참해야 한다.

그래서 신랑 윤병주는 성공 66일 독서하기, 그 후에는 성공 66일 영어 공부하기.

엄마 천정은 성공 66일 책 쓰기, 그 후에는 천정은 성공 66일 S라인 만들기 라고 정했다.

작은 것부터라도 시작하다 보면 어느 순간 좋은 습관들이 하나둘 생기게 되고, 더불어 삶의 윤활유 같은 행복함을 느낄 수 있게 된다.

습관을 바꾸는 것만으로도 자신의 인생을 바꿀 수 있다.

-윌리엄 제임스-

66일 습관달력

1주차	1	2	3	4	5	6	7
목표							
결과							
2주차	8	9	10	11	12	13	14
목표							
결과							
3주차	15	16	17	18	19	20	21
목표							
결과							
4주차	22	23	24	25	26	27	28
목표							
결과							
5주차	29	30	31	32	33	34	35
목표							
결과							
6주차	36	37	38	39	40	41	42
목표							
결과							
7주차	43	44	45	46	47	48	49
목표							
결과							
8주차	50	51	52	53	54	55	56
목표							
결과							
9주차	57	58	59	60	61	62	63
목표							
결과							
10주차	64	65	66				
목표							
결과							

Chapter 4 _ 현명한 엄마는 사교육보다 시간 교육을 한다

2017년 윤OO 성공 66일

1주차	1	2	3	4	5	6	7
목표	🚲	🚲	🚲	🚲	🚲	🚲	🚲
결과	☺	☺	☺	☺	☺		

2주차	8	9	10	11	12	13	14
목표	🚲	🚲	🚲	🚲	🚲	🚲	🚲
결과							

3주차	15	16	17	18	19	20	21
목표	🚲	🚲	🚲	🚲	🚲	🚲	🚲
결과							

4주차	22	23	24	25	26	27	28
목표	🚲	🚲	🚲	🚲	🚲	🚲	🚲
결과							

5주차	29	30	31	32	33	34	35
목표	🚲	🚲	🚲	🚲	🚲	🚲	🚲
결과							

6주차	36	37	38	39	40	41	42
목표	🚲	🚲	🚲	🚲	🚲	🚲	🚲
결과							

7주차	43	44	45	46	47	48	49
목표	🚲	🚲	🚲	🚲	🚲	🚲	🚲
결과							

8주차	50	51	52	53	54	55	56
목표	🚲	🚲	🚲	🚲	🚲	🚲	🚲
결과							

9주차	57	58	59	60	61	62	63
목표	🚲	🚲	🚲	🚲	🚲	🚲	🚲
결과							

10주차	64	65	66				
목표	🚲	🚲	🚲				
결과							

05

집중력, 시간 절약의 열쇠다

게임을 할 때는 엄마의 말소리도 못들을 정도로 집중력이 발휘되는데, 공부할 때는 왜 이렇게 집중이 안 되는 것일까?

집중력이란 학생의 마음과 초점을 한데 모으는 몰입의 상태를 의미하는 것이다.

공부에 집중하는 것은 내가 해야 할 목표를 명확히 세우고 알기 위한 노력에 초점을 맞추는 것이다

이처럼 상황과 마음을 바로잡아 몰입하는 집중력은 바로 '효율적인 학습'을 가능하게 한다.

게임이나 텔레비전처럼 새롭고 신기한 것을 접할 때는 의식적으로 노력하지 않아도 집중력은 자연스럽게 높아진다.

그러나, 학습 할 때는 능동적인 집중력이 필요하다.

능동적 집중력은 타고나는 것이 아니라 성장하는 과정에서 발달하는 것이다.

즉, 공부 자체가 재미있고 즐거워서 집중하는 것이 아니라, 어렵고 힘들지만 공부의 필요성을 느끼며 스스로 조절하면서 적극적으로 집중력을 끌어내는 것이다.

따라서 공부 잘하는 학생과 못하는 학생을 유심히 관찰해 보면 집중력과 끈기에서 차이가 난다.

김씨는 초 5학년 아들이 ADHD가 아닐까 걱정될 정도란다.

30분 잔소리해서 책상 앞에 앉혔는데, 3분 만에 일어나서 냉장고 문 열어서 주스를 마시고, 체육 시간에 신고 갈 운동화와 준비물을 챙기느라 부산하기 짝이 없다.

어떤 때는 책상 정리한 후 공부한다고 해놓고는 책상만 정리하고 잠든 적도 있다고 하니 엄마의 분노가 마침내 폭발하고 만다.

공부를 하든 뭘 하든 30분 이상 책상 앞에 앉아 있는걸 본적인 없는 엄마는 시험 기간이 되면 옆에서 지켜서 있을 정도라고 한다.

단 30분 만이라도 아이가 집중해서 공부하는 걸 보는 게 소원이라는 것이다.

"집중력은 마음의 근육이다." 미국 심리학자 대니얼 골먼 박사의 말이다.

훈련을 통해 근육을 발달시킬 수 있듯이 집중력도 발달시킬 수 있다는 뜻이다.

어떻게 하면 집중력을 증대시켜 효율적으로 시간 관리를 할 수 있을까?

첫째, 집중하려는 내용에 대한 흥미와 호기심을 가져야 한다.

수업 시간에 선생님의 말씀이 머릿속에 잘 안 들어오는 경우는, 스스로 집중하려고 하지 않기 때문이다.

재미없어,.. 어려워,.. 저걸 왜 배우지? 등의 생각을 속으로 하게 되면 수업 내용이 머리에 들어올 리가 없다.

수업 내용에 대해서 이것이 매우 중요한 것이며, 흥미롭다는 생각을 가지다 보면 집중력이 생기게 된다.

텔레비전이나 게임을 할 때는 1시간 이상씩 집중력을 발휘하면서 왜 책상에만 앉으면 10분 이상 있지 못하는 것일까?

그 이유는, 텔레비전이나 게임이 주는 강하고 빠른 자극으로 인해 시각과 청각이 자극되기 때문이다.

따라서 아이가 공부하는 동안에는 텔레비전을 끄고, 함께 신문이나 독서를 하는 방법이 좋다.

둘째, 아이에게 우선순위 개념을 가르쳐 준다.

어떤 꿈이나 목표를 위해 땀 흘리고 노력하며 보낼 것인지, 오락하며 보낼 것인지는 본인의 선택이다.

우선순위 개념을 알려주어, 중요한 것을 먼저 할 수 있도록 알려준다.

게임이나 텔레비전을 보고 싶더라도, 우선순위가 높은 것을 먼저 선택해서 할 수 있도록 한다.

셋째, 집중이 잘되는 황금시간대를 찾아본다.

공부가 잘되고 집중이 잘되는 시간대를 찾아보고, 엄마는 아이와 함께 각 시간대의 공부 성과를 분석해 보면서 아이의 황금 시간대를 파악해보자.

넷째, 적당한 긴장감을 가져야 한다.

마감 시간이 닥쳐오면 시간에 쫓기는 뇌는 효율의 극대화를 위해 폭주하기 시작한다.

이른바 마감 효과(Deadline Effect)다. 미국 하버드대 경제학과 교수와 프린스턴대 심리학과 교수는 마감 시간이 임박해서야 초인적인 능력이 발휘되는 것이다

"시간의 결핍이 주의력을 사로잡았기 때문"이다.

한 가지에 집중한다는 건 그 외 모든 걸 무시함으로써 생산성과 효율성을 높인다는 것이다.

예를 들면, 내일 시험을 앞두고 평소에 공부한 것보다 훨씬 많은 분량의 공부를 거뜬히 해치우는 경우다.

벼락치기 공부를 하라는 뜻이 아니고, 적당한 긴장을 유지하는 게 집중이 도움이 된다는 것이다.

시간계획표를 세워 몇 시부터 몇 시까지 공부하겠다고 하는 것이 계획 없이 공부할 때 보다는 긴장감이 생겨 집중력을 높일 수 있다.

다섯째, 집중이 잘되는 공부방을 만든다.

웰스터디의 대표이자, 공부환경 조성 전문가인 임한규 대표는 책상 위치만 바꿔도 아이 성적이 달라진다고 말한다.

공부가 잘되는 학습 환경을 고려해서 가구 배치나 조명, 정리정돈에 신경을 써야 한다.

북향 방을 공부방으로 한다. -채광이 일정한 북향 방이 좋다.

공부법 전문가 민성원 씨는 방 온도가 21도 이상이 되면, 산소가 충분히 공급되지 못한 채 두뇌활동이 점차 떨어져 집중력에도 악영향을 미친다고 말한다.

침대방과 공부방을 분리하자. -침대와 책상이 가까우면 침대에 눕고 싶은 유혹이 있을 수도 있다. 컴퓨터 역시 집중력을 흐리게 하므로, 책상에 놓아서는 안 된다.

책상이 중요하다. -적당한 넓이의 책상이 좋고, 출입문을 등지게 책상을 배치하면 심리적인 불안감을 느끼게 되어 집중력을 떨어뜨린다.

또한, 바퀴 달린 의자는 자꾸 움직이게 되어 집중력을 떨어뜨릴 수 있다.

조명은 이중으로 한다. −직접 조명과 간접조명을 이중으로 사용하는 것이 좋다.

천장 조명도 켜고, 책상 위에는 각도 조절이 되는 스탠드를 두는 것이 좋다.

여섯째, 집중력을 떨어뜨리는 요인이 무엇인지 찾아본다.

예를 들어 공부하는 동안 스마트 폰을 본다거나, 텔레비전을 보는 횟수를 체크한 후 몇 번으로 줄일 수 있는지 목표를 정해 변화를 느낄 수 있도록 한다.

일곱째, 작은 시간 단위로 쪼개어 학습한다.

사람이 계속적으로 집중할 수 있는 시간은 30분 정도라고 한다.

그렇기 때문에 공부할 때는 30분~40분씩 작은 단위로 쪼개어서 하는 것이 좋다.

1시간 이상 계속하게 되면 능률이 오르는 것 같지만, 피로감이 쉽게 온다.

집중력 또한 떨어지면서 예상했던 시간보다 훨씬 오래 걸려서야 계획된 분량을 마치게 될 수 있다.

여덟째, 집중력을 향상시키기 위해 중간시간의 휴식은 필수다.

30분~40분 정도 공부를 한 후에는 잠깐 자리에서 일어나 가볍게 몸의 긴장을 풀어주거나 바람을 쐬는 등의 휴식 시간을 반드시 가져야 한다.

몸을 움직이는 것 외에 먼 산을 바라보거나, 눈을 감고 명상하기, 눈 운동하기 등을 할 수 있다.

대신 휴식 시간이 너무 길게 되면 공부의 흐름을 끊게 되어 집중에 방해가 되므로 적당한 휴식 시간을 갖도록 한다.

아홉째, 스스로를 칭찬해라.

집중력이 조금이라도 좋아졌다면 자신을 칭찬하도록 한다.

내가 집중하기 위해 노력한 과정을 칭찬함으로써 스스로 더 강해지고 있음을 느낄 수 있다.

열번째, 체력을 향상 시키자.

건강한 정신은 건강한 육체에서 나온다. -기원전 2세기경 로마의 작가 유베날리스의 말이다.

몸이 건강해지면 기억력과 집중력을 향상시켜 공부의 질도 높아지고, 인생의 질도 높아진다.

열한 번째, 한 번에 한 가지 일에만 전념한다.

텔레비전을 보고, 음악을 들으면서 공부하는 것보다 한 번에 한 가지 일에만 전념한다.

우리의 두뇌는 실제로 두 가지 일을 동시에 하고 있다고 하더라고 그 모든 것에 완전히 집중할 수가 없다.

06

시간 교육, 엄마가 먼저 모범이 되어라

우리의 뇌에는 거울 뉴런(mirror neuron)이 존재한다.

다른 사람의 행동을 무의식적으로 따라 하고 다른 사람의 느낌을 똑같이 느끼는 것이다.

거울 신경세포(mirror neuron)란, 90년대 이탈리아의 과학자들이 원숭이의 뇌에서 발견한 신경세포로서, 다른 개체의 행동을 관찰할 때와 자신이 같은 행동을 할 때 모두 활성화되는 세포이다.

누군가가 하품을 하면 나도 모르게 하품을 하는 경험이 누구에게나 있을 것이다.

또한, 상대방이 짜증 내고 화내면 나도 모르게 똑같이 따라 하는 경우도 있다.

이렇듯 우리는 거울에 반사되듯 상대방과 동실시 되고자 하는 욕망을 지닌 존재라는 것이다.

아이한테는 이래라저래라 잔소리하면서 엄마는 텔레비전 보고 스마트 폰을 하면 아이는 엄마의 말이 들리지도 않을뿐더러 아이도 엄마의 행동을 그대로 보고 따라 할 가능성이 크다.

안철수 교수의 아버지 직업은 의사인데, 놀랍게도 그는 쉰이 넘은 나이에 전문의 시험에 도전해 합격했다.

나이를 잊고, 열심히 공부하는 아버지의 모습을 보면서 나이가 들면 공부와 거리가 멀어진다는 편견을 깰 수 있었다.

부모님의 공부하는 모습을 늘 보며 자란 본인도, 평생 열심히 공부하는 법을 배울 수 있었다고 고백했다.

안철수 교수의 이야기는 자녀가 올바르게 클 수 있는 첫 번째 환경이자 가장 중요한 것은 바로 부모의 솔선수범이라는 것이다.

집에서든 직장에서든 최신 의료에 촉각을 곤두세우는 직업인 의사는 일하는 시간 외에도 읽어야 할 자료가 많다.

집에 있을 때도, 시간을 내서 의학책을 읽거나, 꾸준히 공부를 한다.

열심히 공부하는 부모 아래에서 자란 안철수는 부모의 모습을 그대로 보고 배우게 되었다.

옛말에 '자식은 부모의 뒷모습을 보고 자란다'는 말이 있는데, 맞는 소리다.

아이는 부모에게 절대적인 영향을 받고, 부모를 흉내 내며 자란다.

따라서 똑똑한 아이로 키우고 싶다면 부모부터 똑똑해지면 된다.

아이가 자립심 있는 아이가 되기를 바란다면 부모가 어려운 일이 있어도 슬기롭게 헤쳐 나가는 모습을 보이면 된다.

아이가 공부하기를 바란다면, 부모부터 공부하면 되는 것이다.

아이가 부지런하기를 바란다면, 부모가 새벽 시간부터 하루를 일찍 시작해야 한다.

컴퓨터 게임에 빠진 자녀를 둔 부모 중 가장 어리석은 부모는 무조건 야단치며 공부하라는 부모이다.

이런 부모는 자녀의 게임중독을 고칠 어떤 노력과 관심도 두지 않는 부모이다.

혹시 자녀 앞에서 부모가 허투루 시간을 보내거나, 드라마에 푹 빠져 있지는 않은지, 아이를 외롭게 두지는 않았는지 먼저 보살펴야 한다.

요즘 엄마들은 정말 중요한 게 무엇인지 모른 채, 아이에게 요구하는 게 많다.

학부모 모임에 가서 족집게 선생이라면서, 싫든 좋든 억지로 학원을 보낸다.

그렇게 얻어온 정보를 아이에게 적용시키며, 너를 위해 이만큼 투자했으니, 너는 열심히 하기만 하면 된다고 한다.

좋은 학원과 사교육에 시간을 투자한 부모는 그 시간 동안, 과연 무엇을 하며 지내게 될까?

바로, 학원 옆 커피숍이나 빵집만 가보면 알 수 있다.

삼삼오오 모여 선생님이 잘 가르치는 게 맞냐? 이번에 몇 등 올랐냐?

온통 아이 성적과 관련된 이야기뿐이다.

아이가 끝나고 나오면, 운전기사 노릇을 하며 미리 준비해둔 간식을 먹이며 다음 스케줄로 이동한다.

아이의 시간을 온통 엄마가 관리하고, 쓰다 보니 아이는 어느 순간 반항심이 생긴다.

아이의 눈에 엄마는 수다와, 텔레비전, 스마트 폰으로 하루를 보내는 모습밖에 안 보일 것이다.

나의 경우는 퇴근과 동시에 핸드폰은 진동으로 해놓고,(사실 꺼두고 싶지만, 혹시 급한 전화가 오는 경우도 있어서) 신발장 위에 올려놓는다.

아이들의 눈앞에서 스마트 폰과 드라마에 빠진 부모의 모습을 보여주기는 싫었다.

회식이나, 모임에도 대부분 식사 정도만 하는 게 전부다.

밤늦게 술 먹고 노는 즐거움을 모르는 바 아니지만, 아이들에게 다음날 늦잠 자며 술에 덜 깬 모습을 보여주기 싫어서이다.

똑같은 시간에 일어나서, 독서를 하거나 글쓰기를 하는 엄마의 모습을 보면서 아이들은 엄마 도대체 잠은 잤어? 라며 걱정해준다.

엄마 코피 나면 어떡할 거야? 눈에 또 핏줄 터지면 어떡해? 엄마 입술에서 피나,,,,등등 온통 걱정하는 얘기뿐이다.

한 달에 한번 정도는 이런 일이 비일비재하기에, 아이들은 엄마가 걱정되는 듯했다.

우리 집은 텔레비전을 거의 보지 않는다.

방 한 개는 난방도 냉방도 하지 않는데, 그곳에 텔레비전이 있다.

그러다 보니 아이들은 추워서.. 혹은 더워서.. 들어가기 싫은 방이 되었다.

혹시 보더라도 1시간 이상은 볼 수 없는 환경을 일부러 만들었다.

시간 교육, 엄마가 먼저 모범이 되는 방법을 제시해 본다.

첫째, 엄마의 시간계획표를 작성하자.

아이들도 학교에서 시간표대로 활동하듯이 엄마도 자신만의 시간표를 작성해야 한다.

그다음, 엄마의 계획표대로 실천하는 모습을 아이에게 보여줘야 한다.

아이에게 텔레비전 보지 말라, 게임을 하지 말라고 하면서, 엄마는 드라마 보고 스마트 폰을 하면 아이는 절대 변하지 않는다.

둘째, 헬리콥터 엄마가 되지 말자.

아이 옆에서 빙빙 돌며, 아이의 시간을 관리해주는 부모가 되지 않아야 한다.

아이를 위해 모든 걸 다 해주는 부모는, 아이의 독립심을 방해하는 꼴이다.

대학 가서도 학점이 마음에 안든 다고 엄마가 교수에게 전화하고, 직장에서도 상사에게 야근시킨다고 전화하는 엄마가 되지 않기를 바란다.

셋째, 부모가 먼저 공부하는 모습을 보여준다.

부모가 먼저 공부하는 모습을 보인다면, 아이 스스로도 공부를 습관화하게 된다.

우리 집도 저녁 식사 후 가족 모두가 독서 시간을 갖는다.

밀린 집안일이 있더라도, 그 시간만큼은 엄마도 아이들도 책을 읽는다.

칸트는 "어느 누구에게도 나와 똑같이 행하라고 말할 수 있게 행동하라"고 말했다.

생각은 쉽고 행동은 어려운데, 이 세상에서 가장 어려운 것은 생각을 행동으로 옮기는 것이다.

부모가 말로 하지 않고 행동으로 보여주는데 어떻게 자녀가 부모를 존경하고 따르지 않을 수 있겠는가?

넷째, 컴퓨터나 텔레비전 사용시간을 정한다.

부모는 아이와 함께 멀티미디어 사용 시간을 정하여 절제된 모습을 보여야 한다.

다섯째, 아이와 함께 도서관이나 서점에 간다.

도서관이나 서점에서 보내는 시간은 아이가 책을 좋아하는 환경을 만들어 준다.

서점에 간다면 가족 모두 책을 한 권씩 구입해 본다.

아이의 책뿐 아니라 부모의 책도 함께 고르는 모습을 보여주고, 그러면서 인문, 역사 등에 대해 자연스럽게 이야기해 본다.

도서관에 간다면 가족 모두 대출증을 만들어서 각자의 책을 대출한다.

07

공부 잘하는 아이보다 시간을
효율적으로 쓰는 아이

지금 자면 꿈을 꾸지만 지금 공부하면 꿈을 이
룬다.

미국 하버드 대학교 도서관에 적힌 글귀다.

자신의 꿈을 이루기 위해 공부를 하고, 자신의 미래의 모습을 이룰
수 있다는 것이다.

그런데, 자신이 왜 공부를 해야 하는지, 왜 대학을 가야 하는지 모
른 채 무조건 공부를 한다면 무척이나 지루하고, 고통스러운 시간이
될 것이다.

자신의 꿈을 이루기 위해 목표를 세우고, 그 목표를 실현하기 위해
시간을 적절하게 쓸 줄 아는 아이는 어떠한 시련과 역경이 찾아와도
포기하지 않는다.

유지양은 공부에 대한 감각이 있었으며 열심히 하는 편이었다.

그러나 노력에 비해 학습 성과는 그리 좋지 못했다.

원인 파악 결과, 유지 양은 주변 환경의 영향에 쉽게 노출되어 집중하는 데 방해를 받고 있었다.

친구들과의 잦은 휴대폰 문자 메시지로 인해 자꾸 손이 핸드폰으로 가게 되는 것이었다.

일일이 답장해주다보면 시간은 어느덧 몇 분이 흘러 버린다는 것이다.

그뿐만 아니라, 학습 원칙을 정해 놓지 않고 이것저것 손대는 편이었다.

급한 마음에 시간을 정해 놓고 공부를 해보지만, 한 가지에 오래 집중하지 못하는 습관이 있었다.

학습 계획표를 세워보고 공부해 보라고 조언했지만, 계획표 세울 시간이 없다고 한다.

공부하는 시간은 많았지만, 결과적으로 시간 부족만 탓하며 계획을 세우지 않다 보니 성적이 부진한 결과를 낳은 것이다.

공부를 잘하는 비결은 오랜 시간 의자에 앉아 있다고 되는 것은 아니다.

계획표를 통해 시간을 효율적으로 보내고, 스스로 자기 시간을 통제하는 능력이 중요하다.

학원이나, 과외 등 주입식 교육으로 공부를 잘하게 만들 수는 있다.

그러나 시간을 효율적으로 쓰는 방법을 모른다면, 평생 학원과 과외에 얽매일 수밖에 없다.

잠깐 공부 잘하는 아이로 만들고 싶은가? 평생 현명한 아이로 만들고 싶은가?

우리 집 둘째 딸은 자신의 계획표대로 3시부터 3시 20분까지 수학 문제집 풀기를 한다.

어느 날, 새벽 일찍 눈이 떠진 딸은 시계를 보며 계획을 앞당겨, 미리 수학 문제를 풀었다.

스스로 계획을 수정하고, 시간을 조절하는 딸을 보면서 사교육이 중요하지 않음을 느꼈다.

오히려 주위에서 학원 안 보내면 공부 못한다며 걱정 어린 조언을 듣는다.

그럴수록, 공부 잘하는 아이보단 시간을 계획하며 조절하는 아이들이 되기를 바라본다.

레밍이라는 동물이 있다.

레밍은 북유럽 스칸디나비아 반도의 툰드라나 황야에서 서식하는 쥐 과의 동물이다.

몇 년마다 큰 폭으로 증식해 이동하기 때문에 나그네쥐라고도 한다.

레밍은 무리의 우두머리를 따라 맹목적으로 달린다고 한다.

앞의 쥐가 절벽에서 떨어져 죽더라도 뒤를 쫓는 쥐는 달리기를 멈추지 않고, 줄줄이 따라서 죽는다고 한다.

절벽을 강이나 바다로 착각하고 건너려 한단다..

이것을 레밍 딜레마라고 한다.

혹시 지금도 아이의 시간보다 공부만 잘하는 아이가 되기를 바라고, 사교육이라는 우두머리만 맹목적으로 쫓고 있지는 않은지 뒤 돌아봐야 한다.

아이 스스로 자신의 내면적 동기를 위해 시간을 투자하는 아이는 반드시 좋은 결실을 맺을 것이다.

미켈란젤로가 그의 가장 위대한 작품인 시스티나 성당의 600평방미터 넓이의 천장 벽화를 그릴 때의 일이다.

한번은 그가 받침대 위에 누워서 천장 구석에 인물 하나를 조심스럽게 그려 넣고 있었다.

그때 친구가 다가와 이렇게 물었다.

'여보게, 그렇게 구석진 곳에 잘 보이지도 않는 인물 하나를 그려 넣으려 그 고생을 한단 말인가? 그게 완벽하게 그려졌는지 그렇지 않은지 누가 안단 말인가?' 미켈란젤로가 말했다.

"내가 알지"

시간을 효율적으로 쓰는 아이가 되기 위한 방법을 제시해 본다.

첫째, 개인별로 능률적인 시간대를 정한다.

자신만의 황금 시간대가 있다.

아이들도 집중이 잘되고, 성과가 잘 나오는 황금 시간대가 있다.

둘째, 본인 스스로 목표를 세우고, 왜 시간을 잘 써야 하는지 깨닫도록 한다.

잭 웰치는 이런 말을 했다.

너무 사소해서 땀 흘릴 만한 가치가 없는 일이란 존재하지 않으며, 실현되리라 바라기엔 너무 큰 꿈이라는 것도 존재 하지 않는다.

따라서 자신의 목표를 향해 시간을 잘 분배해서 투자한다면 원하는 결과를 얻을 수 있다.

셋째, 좋은 습관을 갖도록 한다.

예를 들어 겨울방학을 잘 보내기 위해 아침 시간을 활용하는 습관을 갖도록 해보자.

모두가 잠들어 있는 새벽에 공부함으로써 다음 학기에 자신감을 갖게 되고, 시간을 효율적으로 보낼 수 있게 된다.

또한, 그날 해야 할 목표는 그날 달성해야 하며 미루는 습관을 버려야 한다.

넷째, 자신도 모르게 낭비하는 시간을 찾아낸다.

스마트 폰의 사용시간이나, 이동시간 등의 자투리 시간을 찾아보자.

5분도 낭비할 수 없다는 의지를 갖도록 한다.

다섯째, 때로는 일부러 힘든 시간을 선택한다.

시간의 소중함을 알기 위해서는 안일함보다 어렵고 힘든 과정을 선택하도록 한다.

예를 들어 남들 다 하는 시간에 공부하지 말고, 때로는 새벽 일찍 기상함으로써 자신과의 약속된 시간을 지키며 강인한 정신력과 성취력을 맛보길 바란다.

여섯째, 계획표를 만들어서 보이는 곳에 둔다.

언제 어디서나 자신의 목표를 보고, 꾸준히 실천할 수 있도록 크게 만들어 항상 보이는 곳에 둔다.

예를 들어, 레고 디자인이 꿈인 큰아들은 자신이 만든 레고 사진을 출력해서 책상 앞에 붙여 놓았다.

그리고, 레고로 유명한 런던에 진출하기 위해서는 영어 공부를 해야 한다는 계획을 붙여 놓았다.

일곱째, 시간을 효율적으로 보내기 위해 타이머를 이용한다.

아이들의 집중력은 생각보다 짧기 때문에 15분이나 30분의 시간을 설정하고, 타이머가 울리면 휴식을 취하는 방식을 취한다.

이것은 사람마다 집중 시간이 다르기 때문에 점점 시간을 늘려 가면 된다.

이렇게 하면 집중해서 공부할 수도 있지만 무엇보다 시간을 효율적으로 사용할 수 있다.

08

금토일 333법칙

자신의 인생에서 당당하고 주체적인 삶을 살기 위해서는 스스로 생각하고 계획하며 실천하는 능력을 길러야 한다.

그러나 세상에는 남의 흉내만 내며 귀중한 시간을 낭비하는 사람들이 많다.

대학 입시 면접장에서 면접교수가 물었다. 학생은 왜 이 대학에 입학하려고 하지?

학생 A: 여기 올 실력밖에 안돼서요

학생 B: 제 삼촌이 이 학교가 괜찮다고 해서요

학생 C: 대학을 나와야 괜찮은 신랑감을 만날 수 있다고 해서요

누군가의 의지에 따라서 사는 타율적인 삶을 살 것인가?

자신의 의지대로 시간을 투자하는 자율적인 삶을 살 것인가?

신대륙 개척자인 윌리엄 펜은 시간의 중요성에 대해 다음과 같은

명언을 남겼다.

"우리에게 시간과 비교할 수 있는 것은 하나도 없다.

그것보다 더 중요한 것은 없다.

그것이 없다면 우리는 이 세상에서 아무것도 할 수 없기 때문이다."

누구에게나, 언제나, 어떤 환경에서든지 우리에게 똑같이 주어지는 시간의 가치를 절감해야만 시간을 올바르게 관리하고 활용할 수 있다.

시간은 신이 나에게 준 최대의 선물이라는 사실을 명심하자.

그 선물을 스스로 관리하고, 황금같이 아껴 쓸 필요가 있다.

아이들은 평일인 월요일부터 금요일까지 주 5일 동안 학교의 시간표대로 시간을 보낸다.

그 시간표 사이사이에 자투리 시간, 자유시간 등이 생긴다.

남는 시간을 아껴 쓰고, 관리하는 아이들이 있는가 하면, 빈둥빈둥 보내는 아이들도 있다.

하교 후에도 스스로 계획표대로 실천하는 아이들이 있고, 텔레비전을 보며 하루를 보낸 아이들도 있다.

똑같이 주어진 시간을 어떻게 보낼지는 아이들의 선택이며, 자유이다.

우리 집은 자신의 계획표대로 시간을 보내고 있다.

계획표는 자신의 시간 관리를 도와주고, 자투리 시간을 효율적으로 보낼 수 있게 도와준다.

금토일 333 법칙은 내가 만든 법칙으로 금요일 3시간, 토요일 3시간, 일요일 3시간씩 자신의 시간을 스스로 관리하는 것이다.

하루 3시간씩 3일을 동안 시간을 보면서, 어떻게 보낼지, 무엇을 하며 보낼지 스스로 계획표를 짠다.

텔레비전 보는 것만 빼고는 자신의 시간을 관리한다.

텔레비전을 보지 않으면 2개월의 시간을 벌 수 있다.

평일에 최소 2시간 정도 텔레비전을 본다는 가정 하에 1년 52주로 환산하면 52주×5일(평일)×2(시간) 520시간이다.

여기다 주말에 5시간씩 본다고 하면 52주×2일(토, 일)×5(시간)도 520시간이다.

둘을 합하면 1040시간이 된다. 1040시간을 24시간으로 나누면 43일이 되는 것이다.

도움이 안 되는 텔레비전 앞에서 10년을 보낸 아이가 제자리에 머물러 있는 것은 당연한 결과이다.

즉, 인간의 뇌는 습득한 정보를 영양으로 흡수하는데 그 정보의 질에 따라 인격이나 능력에 큰 영향을 미친다.

큰아이의 금요일 3시간의 시간 관리를 살펴보자.

5시-6시: 친구와 축구하기

6시-7시: 저녁 식사 및 독서

7시-8시: 레고 디자인 및 레고 조립하기

초등학교 딸아이의 주말 3시간 활용 팁을 살펴보자.

7시-8시: 아침 준비하거나 엄마 도와주기(주말에는 아이들이 아침을 준비하도록 했다. 아직은 초등학생이라서 반찬 1가지씩을 준비하는데, 예를 들어 볶음밥의 경우는 재료 손질을 한다).

8시-9시: 테디베어 하기 또는 춤추기

9시-10시: 독서 및 과학 동화 보기

3시간씩 3일 동안 자신이 원하는 것 자신이 하고 싶은 것을 하며 시간을 직접 관리해 보도록 했다.

공부만 하며 하루를 보내는 것보단, 자신이 원하는 분야, 관심 있는 분야를 통해 다양한 활동을 하도록 했다.

부모는, 공부만 잘하는 아이보다 현명하고 자기 삶의 만족도가 높은 아이가 되기를 바란다.

그러기 위해서는 시간을 효율적으로 보내며, 시간의 소중함을 느꼈으면 하는 바람이다.

밥 하는 여자, 꿈 먹는 여자